JN184164

みやざきエッセイスト・クラブ
作品集20

夢のカケ・ラ

はじめに

みやざきエッセイスト・クラブ会長　谷口二郎

みやざきエッセイスト・クラブの作品集「夢のカケ・ラ」が発刊された。二十人のメンバーが原稿用紙十枚四千文字の作品を載せるのである。毎年発刊されていて、今回が二十冊目となる。メンバーは多岐にわたる。一人一人が個性が強く、アイデンティティを持った人ばかりである。二十代から九十代まで年齢も幅広い。女性も八人いてみんな光り輝いている。

一冊目は「ノーネクタイ」というタイトルで発刊された。当時のメンバーは十四人で、そのうち何人かは故人になっている。初代会長は渡辺綱纜氏。宮崎の観光の神様と呼ばれた岩切章太郎氏の右腕だった人だ。彼のおかげで昭和四十年代の新婚旅行の三割は宮崎を訪れたというから、その手腕は高く評価されている。また、川端康成がＮＨＫの朝のテレビ小説「たまゆら」を執筆する際、宮崎に滞在された時、ずっとお供をされたことでも有名な方である。

五年前その偉大な先輩の後、二代目会長を継いだのが私で、果たして自分みたいな若輩者が背負えるのか不安だった。今でもいろいろアドバイスしてもらっている。

「ノーネクタイ」後は、「猫の味見」「風の手枕」「赤トンボの微笑」「案山子のコーラス」「風のシルエット」「月夜のマント」「時のうつし絵」「夢のかたち」「河童のくしゃみ」「アンパンの唄」「クレオパトラの涙」「カタツムリのおみまい」「エッセイの神様」「さよならは云わない」「フェニックスよ永遠に」「雲の上の散歩」「真夏の夜に見る夢は」「心のメモ帳」というタイトルで出版されている。そのタイトルは、メンバーのエッセイのタイトルの中からメンバーの投票によって決まる。ちなみに「クレオパトラの涙」は私のエッセイのタイトルである。

考えてみると、エッセイ集を一人で出すのは大変なことである。私も十五冊エッセイ集を出したが、なかなか売れるものではない。売れ残った本が足の踏み場もない位我が家に積んであり、家内なんかは「邪魔だわ。どうにかしてよ！」とご機嫌ななめである。その点共著ではあるが、自分のエッセイが載っている本があるというのは気持ちが良いものだ。

今回、カバーと前扉は二十周年ということで、会長の私の作品を無理言って採用して頂いた。下手の横好きの私の作品で何卒お許し願いたい。

二十年、人間でいうと成人である。オギャーと生まれてようやく一人前になる。タバコも酒も堂々と飲める。選挙権も与えられ、ようやく大人の仲間入りとなるのである。その二十年を「もう」と捉えるのか「まだ」と捉えるのかはその人その人によって違うだろう。

例えば「あら、もう五時じゃないの。早く夕飯の支度をしなくちゃ」「財布を開けてみたらもう千円しかなかったので何も買わなかったわ」「私、今年でもう六十になったの。そろそろ老後のことを考えなくちゃね」「冷蔵庫の中に玉子もう残り1個しかないのね。これじゃ目玉焼きも出来ないわ……」「料理はバイキングで食べ放題というけど、もうこれしか残ってないの？」「靴を履こうと思ったら靴底がもうこんなに薄くなって履けやしない」「もうこれが最後ね。もうあなたとは会うこともないわ」。

それではこれらを「まだ」に言い換えてみよう。「あら、まだ5時だわ。夕食を作るのが間に合いそうだわ」「財布あけたらまだ千円も残っていたの。だから買い物出来たわ」「私今年まだ六十。平均寿命まで二十年以上もあるわ」「冷蔵庫の卵まだ一個だけ残っていたわ。目玉焼きは出来ないけど、スクランブルエッグなら出来るわ」「まだバイキング料理少しだけ残っているわ。これで充分充分」「靴そろそろ買い時かもしれないけど、まだしばらくは履けそうね」「まだ今からあなたと会う機会があるかもしれないから仲良くしましょう」。

このように同じ二十年でも「もう」と捉えるか「まだ」と捉えるか意見は分かれる。私はといえば「まだ」の方である。まだ二十年目。みやざきエッセイスト・クラブのメンバーが書くエッセイの旅は今からも続く。

特別寄稿

新しいバースデー

原田　解

先日、森本雍子さんから電話をいただき、そうかもう二十年かと、あらためて時の流れを振り返りました。人生の暦では晴れの「成人式」です。もっとも私にとっては「たそがれ記念日」ですが。

それに加えて今年は終戦から数えて七十年という、歴史の節目に当たる「メモリアルイヤー」です。昭和の子どもにとってはなんと九十年という時の重さです。とりわけ昭和二十年の六月初めから終わりにかけての三カ月は、私にとって命の危険に脅かされ続けた、決して忘れることの出来ない日々でした。

母と幼い妹を宮崎駅で見送っての「日之影」疎開、激しい空襲による「宮崎中学校」の焼失、父との貧しい防空壕くらし、そして迎えた八月十五日の終戦。誰もが放心状態で見上げた日向の夏空でした。

そうした戦争から平和へという時代の大きな移り変わりに伴って、暮らしも流行も学校生活もまたがらりと変わりました。新制高校のスタート、映画鑑賞や男女交際の自由など、当時はまるで鮎漁の解禁を思わせる解放感でした。

その後、間もなくして私は知人の勧めで、開局したばかりの「ラジオ宮崎」に一期生として入社しました。昭和二十九年のことでした。「人生とは筋書きの無いドラマ」だと言いますが正にその通りで、やがて私はまったく違った民俗芸能の世界で、地元に密着した「人間ドラマ」の制作を手掛けることになりました。

そうした仕事や体験を通してこれまで、色いろな人との「出会い触れ合い」を重ねて来ています。私はその縁を「出愛・触れ愛」と呼んでいますが。とりわけ会のスタートから関わって来られた渡邊綱纜さんや、「ペンフレンド」の皆さんの顔をいつも懐かしく思い浮かべています。

もうあれから二十年かという思いと共に、これから更に二十年という思いも胸の中で噛みしめています。ではこの辺りで中締めにしまして、さっそく「新しいバースデー」に乾杯ということにしましょう。

目次

カバー・前扉作品

谷口二郎（たにぐち　じろう）

みやざきエッセイスト・クラブ会長
たにぐちレディースクリニック院長
宮崎市郡産婦人科医会会長
カバー絵「未来への創造」
扉絵「レッツ　トライ」

夢のカケ・ラ

みやざきエッセイスト・クラブ 作品集20

伊野啓三郎

光陰流水（その二）

光陰流水（その二）

祖父彦次郎の亡くなった年の一九三一年、満州事変の勃発は、昭和の大恐慌による人々の、心の治まる間もない頃の出来事だった。

やがて、一九三七年の盧溝橋事件が日中戦争へと発展し、その発端以来、僅か八年足らずの年月の間に、今日の日本の運命が定まっていた感に思えてならない。

祖父亡き後、日本を覆っていた不況の風はやがて治まり、父健次郎の営む穀物商の仕事も、国策に沿って順調に推移して行った。

内地（当時の植民地では日本本土のことを内地と呼称していた）向けの満州大豆、朝鮮米（食用油の原料・主食）の移出業務を主とした仕事の関係で、遠くは満州国奉天市辺りまで、足を伸ばし出張していた。そして子煩悩の父は、その都度、珍しい支那菓子のおみやげを持帰り、子供達全員にとって大きな楽しみだったことを、鮮明に覚えている。

子宝にも恵まれ、一九一九年長女澄江の出産以来、一九三九年五男勝博の出産までの二十年間に、なんと五男二女の大家族へと発展していった。

そんな仕事に精を出す傍ら、母への労わり、気遣い、大世帯の切り盛りを見事にこなしていた。

心に蘇る大きな思い出が、次々に浮かんでくる。

毎年十月になると、近郊の農家から、葉付きの干大根を牛車一台取り寄せて、四斗樽に三樽と、一斗樽に二樽の、家族一年分の沢庵作り、家族全員で父の沢庵漬けを手伝ったり、見物したりで、その手際の良さに、子ども心ながら、父は器用なものだなあと、心から慕ったものだった。

干上がった大根と葉は切り離されて、まとめて積み上げられている。調合された米糠《ぬか》と塩を樽底に振り撒き、大根を一列に並べては糠を振り、また大根を重ねて、五段重ねるとそこに大根葉を敷きつめ、また大根を重ねて漬けるという作業を、こまめに片付ける手際の良さには、ある種、父親に対する信頼感を、しっかりと植えつけられた思いがしてならない。

やがて十二月、お正月を間近に控えた頃、沢庵の最高の味が楽しめる季節が訪れると、近所の親しい朝鮮人や、家族づき合いの日本人の何軒かのお宅に届けるのが役目だった。

「タンダニ、コマスミニダ」と何回も、チマ・チョゴリ姿のおばあさんにお礼を言われ、甕壺《かめ》から取り出した香りの高い、こちらも出来たての真赤な白菜キムチを、数株頂いて持帰るという、父の近隣の朝鮮人と親しくつき合う人情味豊かな性格が、後に外出も気ままに出来なかった戦後の混乱時に、彼等によって家族の安全が保たれたことに、結びついていたものと信じている。


海岸町一丁目の自宅から月尾島までは、海を隔ててバスで約三十分程の距離にして約五キロ。当時、朝鮮を代表する観光保養地として、月尾島（ウオルミド）の名は有名だった。

海岸から島に到る道路は、海中を埋立てて、往復二車線と、左右の歩道、約二キロ、海面から二メートル程の高さの、立派な石組みの突堤道路である。

朝鮮半島を代表する保養地として、また春は桜の名所として、多くの人々に愛された月尾島。

島の北端には、五階建てのホテル様式の保養施設、一階は海上に隣接して約四千五百平方メートル程の広さで海上十メートル程の高さに構築された大小二つのプール。五十メートルの長さの競泳プールと、二十メートルの初心者用プール。プールサイドは豪華な総板張り、観覧席のベンチ等。

一階のプールからは、螺旋《らせん》階段が取付けられ、二階に通じる塩湯温泉、海水を沸かした塩湯温泉は、朝鮮半島唯一の施設で、泳ぎに疲れた体を癒やし、真水のシャワーを浴びて、三階に移動して食事をとるという、近代設備は、当時にしては洒落たモダンな保養施設であったと、今でも生れ故郷仁川の自慢のひとつだ。

そして島の南側に位置する高さ五百メートル程の小高い山、山の麓に位置する海岸は、遠浅の干潟、格好の天然海水浴場だった。

山の頂上には月尾島神社が鎮座し、樫や松の大木に守られた神苑は、子ども心にも神々しいものだった。突堤を渡って頂上に向かう渦巻き状の道路の両側には、桜の木が植えられ、花の季節には、延々と続く桜のトンネルで、多くの花見客で賑わったことだった。

我が家の花見も、恒例の年中行事のひとつだった。母親と姉たちによる、手造りの重箱いっぱいのお花見弁当、お茶、三ツ矢サイダー、菓子、果物等、定番の品を準備して、迎えのハイヤーを待った。

仕事柄、段取りの良い父親の手配で、家族全員が一年に一度だけの、ハイヤーに乗れる嬉しい日でもあった。

フォードの八人乗りハイヤーが到着した。天皇陛下の御料車に似た独特のステップのついた、ユニークなフォルム、深々とした後部座席、前席の背面に取付けられた立派な補助席、前席に父と並んで座った。父がちいさな封筒を運転手さんに、そっと手渡しながら帰りの迎えの時間を約束していた。

そんな年一回、フォードで行く月尾島のお花見も、昭和十三年（一九三八）を最後に終わったのは子ども心にも淋しいことだった。

日華事変の暗い影が次々と忍び寄りつつあったのが、子ども心にも感じ取られた。

やがて一九三八年、秋の気配を感じ始めた頃のこと、仁川の街は、ただならぬ気配に覆われだしていた。

中国の戦場に向かう陸軍の輸送船が、仁川に寄港し、兵員が上陸し、一旦休息して、大陸に出発するという事態が生じたのだ。

小中学校の講堂で、兵隊さん達が宿泊し、婦人会のお母さん達が食事や宿泊の準備をするという、お国のための仕事が舞いこんできた。そして収容しきれない兵隊さんや、将校さんたちの民泊の割当が示されてきた。

我が家では、毎回二人の兵隊さんが一泊し、日本人による最後のもてなしに感謝して、出征していった。宿泊の都度、もてなしの夕食は父の手捌《さば》きによる「すきやき」、そして、母が武運を祈っての「赤飯」心尽くしの歓待に送られて行った兵隊さんの嬉しそうな表情が、今も目に浮かぶ。

日華間は全面的戦争に入り、中国共産党と国民党政府の抗日民族統一線が結成され、米英ソ等の援助を受けて徹底抗戦へと発展して行った。

MERCHANDISERマーチャンダイザーとしての父は、日常の服装は幼かった子供の目から見ても中々のお洒落だったように見えてならない。

夏は麻の上下服に蝶ネクタイ、パナマハットという出で立ちでの外出。そして冬場の家庭では、郷里「北海道北見の国」から取り寄せた「厚司」を纏ってのお気に入りの姿。

アツシとは、アイヌ人が使う厚い丈夫な綿織物、柔道着に似た半纏《てん》風の色、柄入りの仕事着は、北見の国、故郷のよすがに、ひそかにひたる父の心の、よりどころであったのではないかと思われる。

アツシを着ての父の立ち振る舞いは、また一風変わった働く父の姿でもあった。

そして凍てつく様な冬の夜の外出時には、「インヴァネス」INVERNESS。膝下までの長さのカシミア製二重廻しを着用して出掛ける伊達姿。植民地では様々な服飾文化が、内地より移入されて、時代を造っていたのであろう。

一九四〇年（昭和十五）二月十一日、昼夜を通しての祝賀の式典、提灯行列などで賑わった「紀元二千六百年」の奉祝国家行事には、町内会、婦人会、小中学生を始め、朝鮮人を含めての、内鮮一体による世紀の祝賀行事であった。

神国日本の思想は、いささかの疑念もなく、人々の心の中に、深く感動の中に根付いたことだった。

そして翌年一九四一年十二月八日、太平洋戦争の開戦。

翌年初めには、穀物商品取引所の閉鎖。開戦は長年この道一筋に生きてきた父の仕事を、無残にも奮い取り、非情にも、見知らぬ世界に放り出されたも同然の出来事だった。

一九四二年の四月には、長男の勉が仁川中学を卒業し、東京の明治学院大学に進学、入れ替わりに次男の啓三郎（筆者）が仁川中学に入学した。次女の豊子は仁川高女三年生。三男の國昭、四男の利治はそれぞれ国民学校、五男の勝博は三歳の幼児。

大学、中学、女学校、小学校、幼児を抱えての、両親の心中は、竝々ならぬものがあったに違いない。

父は、故郷、北海道根室市で、海産物商を営んでいた甥っ子の協力を得て、海産物を移入し、その取扱いで、細々と馴れない商売に打ち込んでいたようだ。

小学生の弟二人と三人で、父の目を盗んでは、商品の「カチカチに乾燥した帆立の貝柱」や、鮭の切り身を乾燥させた、トバ等、口の中でころがしながら、おやつがわりに食べたものだった。

盗み食いの味はしっかりと舌に残り、毎年山形屋で開かれる「北海道物産展」では、乾燥貝柱とトバは必ず買い求めて、独り思い出にひたっている。

一九四三年二月、勉兄に学徒出陣の召集令状が届き、平壌《ピョンヤン》市の陸軍輜重《しちょう》隊へ幹部候補生として入隊した。

両親にとって、今度は生活の心配から、長男の無事を祈る毎日へと、新たな心配が重なって行った。

その年の八月、父から「平壌の兄へ面会へ行くので、一緒に連れて行く」と伝えられた。

平壌までは汽車で六時間、乗物に弱い母の介助がてらの旅だった。

平壌に到着した時の母は、顔面蒼白、立ちくらみのする状態だったが、何とか郊外の部隊まで、タクシーで辿り着くことが出来た。

面会所では、持参した母と姉の手造りの「おはぎ」を、兄がむさぼる様にして食べている姿を見守りながら、母が兄の元気な姿に涙を流していた。

長男に対しての親心をこれ程までにも、目の前で目にしたことはかつてなかった。

翌年、一九四四年八月のある日突然、前ぶれもなく、兄が、同期の幹部候補生二人を伴って帰ってきた。

慶尚南道、大邱市の部隊に転属命令が下り、赴任するとのことで、三人で一泊の上、翌日大邱に向かった。

戦後の回想であるが、兄はあの時、大邱への転属がなかったら、戦後シベリアへ移送され、命の存在さえも計り知れなかったことであったろうと、家族皆で、回顧した思い出がある。


真珠湾攻撃から、三年八ヶ月、朝鮮では、国民の一人一人が、誰も戦争に負けるなんて思った人は、一人もいなかったと思う。

何故か、朝鮮全土では爆撃を受けた都市は皆無であった。

広島、長崎、両市の新型爆弾の投下による、多くの犠牲者の生じた様子は、新聞紙上で見たが、全国各地での無差別爆撃による、国内の戦況は、情報統制下の中で、知るよしもなかった。

そのような中での、終戦の玉音放送であっただけに、俄《にわか》に信じ難く、唖然とした思いの中、呆然自失、涙にくれるばかりであった。

更なる苦難を目の前に、大家族を率いて新たな試練に立ち向かわんとする父、健次郎。その日から周到且つ綿密な、未知の世界への、模索が始まった。

岩尾アヤ子

楓《かえで》校舎のララバイ
逃がした大魚と女神像

楓《かえで》校舎のララバイ

一昨年の今頃、第六回グループ楓絵画展の案内状が届いた。
期日　二〇一二年五月一日〜一五日
会場　画廊喫茶　シベール
ところがその案内状が凄かった。宮崎県でも有名な九名の画家達がずらっと横一列に並んだ写真が貼り付けてあり、その下にそれぞれのフルネームが書いて印刷してあった。

一人一人少しずつ幼顔を残しながら、もう立派な紳士、淑女である。案内状の写真を見ていると昔の勇ましい彼らの姿がダブッてくる。県内、県外、いろいろの高校のカラーを心身一杯にくっつけて、我こそはと肩を怒らせて入学してきた勇ましい彼ら……。

木造二階建ての研究室の廊下を、高下駄履いてガラガラと歩き、主人の研究室前の廊下だけは、両手に下駄をぶら下げて、素足で爪先歩きをしていた学生。研究室の窓に腰掛け、ギターを弾いていた学生。作品に皮肉を言われたと言って、教授の目の前で作品を廊下に投げつけ、足で踏み潰した学生。すべてその自己顕示の仕方が幼くて可愛かったが、入学試験の日、まだ合格もしていないのに、児童研究という美名に捕まった女の子の事件だけには心が震えた。部活を脱会するとき教室に閉じ込められ、集団リンチを受け、命がけで病院に匿われ、田舎から両親が出てきて東北地方に逃がしたと聞いた。時代のうねりに飲み込まれ、今は生死のほどもわからない。安保闘争が終わり、国立の大学の多くは郊外の学園都市に移された。

幼顔の少し残る彼らの写真に一人一人の思い出を重ねながら、会場に足を運んだ。そこにはお互いの健康や、お互いの家族を親身で語る、優しく穏やかな仲間が居た。かつてのライバルは、つっぱっていた自分の鏡であり、お互いの角や棘は有り余るエネルギーを持て余してのことであって、彼等は喜びも悲しみも怒りも共有した戦友であったのだと、懐かしく思っているに違いない。

一人一人の中作、小品を見て回った。不思議なことに門外漢の私でも五十年の歳月で、これは誰の作品とわかるようになっていた。作品は作者の生きざまそのものだから……。作風も、所属も違うけど、絵を描くという目的は同じで、芸術も化学も宗教も哲学も、どの道登っても行き着くところは同じ須弥山《しゅみせん》だったと、喜寿近い彼等は悟ったのだと思う。数日後、幹事からお礼状が届いた。

先日はグループ絵画展へ足を運んで頂きありがとうございました。大学を出まして五十年以上の時が過ぎましたけれど私たち美術部の仲間は今でも繋《つな》がっています。その証《あかし》として楓展を企画し現在のメンバーで六年前から展覧会を開催しています。今年も二百人ほどの来場者を迎えることが出来ました。

その後に亡夫にたいするお礼の言葉が縷々《るる》と書いてあって、思わず涙した。
五十年の歳月、児童、生徒を育てながら自分たちも育てられた彼等が眩しく見える。

黒迫通りと霧島通りに挟まれた広大な土地に国立の師範学校があり、男子部と女子部の真ん中の仕切りの板塀の下には真っ白な三つ葉のクローバが咲き乱れていた。広大な敷地に、雨天体操場、プール、弓道場、テニスコートなどの施設があり、女子部は、昭和天皇行幸の御座所だった二階はそのままの姿で厚い二重のカーテンで覆われ、その他が私たちの教室として使われていた。戦禍で焼け野が原となった母校に、動員から帰った一年後輩たちは、何一つ残らず灰になった地べたに這い蹲《つくば》って号泣したと聞いた。

廃墟と化した跡地に、トロントロンのおん襤褸《ぼろ》陸軍兵舎を持ってきて建てた楓校舎、今はもう地球上の何処にも存在しないが、彼等を育てた楓校舎は、確実にここ花殿町にあり、彼等が友と共にここでもがき苦しみながら成長した青春の日々の揺籃《ようらん》であったのだ。

第七回目の画展にも行った。昨年は第八回目の楓絵画展の案内状を手にした私は、わざと車を回り道させて黒迫通りを走らせた。母校は、敗戦で建物も頑丈なセメントの塀も消え、安保闘争で学生までも消えた跡地の、道路から丸見えの草むらの中に宮崎県女子師範学校の跡、平成五年十月吉日と書いた小さな一枚の板切れになっていた。もう二度と此処に来ることはない。反芻《はんすう》はしない。

画会場に着いた。かつて宮美展、県美展に大作を出品していた錚々《そうそう》たる彼等の作品は小品でも到達した美しさと、安らぎに溢れていた。所属は違っても楓の仲間。健康な者が倒れた友を労っている姿が美しい。彼等の慈悲は友情の証。私は幹事が手を引いて車まで送ってくれた。

あれから丸一年、今年も会員楓九名の写真付第九回楓展の案内状が送ってきた。

※ララバイ　子守唄
※揺籃《ようらん》　ゆりかご

逃がした大魚と女神像

あの時、握手も、キスも出来るぐらいの距離の密室に私たち四人はいた。美しく上品なご婦人を連れた、膨やかで育ちの良さそうな大柄の紳士と、嫁と私の四人である。

二メートル四方のエレベータの中が、ちょっと華やいでみえた。嫁がそっと「幹事長よ」と囁いた。

いつもの私なら飛びついて、サインをもらったり、「写真ご一緒に」などと言ったであろうに、あの時、単細胞の私の頭は、それに対応できないぐらい大きなものに占領されていた。お二人は「失礼します」と言って七階で降りられた。私たちは十四階に朝食に行く途中だった。

此処は東京第二の都心と言われるお台場。隅田川の土手の芝生の上には、フランスからの親善使者として来日している自由の女神像が待っているはずである。そのことのため私たちは、素泊まり一泊一人三万円もするここ、フランス系のグランパシフィック・メリディアンにいた。

その昔のロンドン・パリ十日間の旅は、生前、亡夫が見たいと言っていた、オルセー美術館・ルーブル美術館・モンマルトルの丘等などである。全日空専務時代の甥が亡夫の七回忌の祥月命日にあわせてセットしてくれたものだった。

感動の旅が終わりに近づいた一九九六年十月九日、私たちはセーヌ豪華ディナークルーズ、パトー・ムーシュの中にいた。静かに船がセーヌを滑っているなかで、乾杯の音頭を指名された白髪で初老の紳士が静かに立ち上がり「パリに乾杯」と一言だけ言った。口数が少ないだけお洒落で、尚胸に響いた。全員グラスを掲げた。生のバンド、洒落た足捌きのウェーター、切ない声のシャンソンなどなど、ワインによく似合う。豪華なディナー、ライトアップされた河畔のエッフェル塔、オルセー美術館、ルーブル美術館、シャイヨー宮などが金色に輝き、昼間と違った世界を演出していた。

突然グルネル橋の、橋げたの中洲に自由の女神像が現れ、その艶やかさに息を飲んだ。リュクサンブール公園で、鬱蒼と茂った緑の木の葉の間から見えた小さな青銅色の自由の女神の原像とは、うって変わったあでやかさである。

ライトアップされた像の周りを船はゆっくり三回周り、バンドが「星条旗よ永遠に」とかわった。洒落た演出に酔いもまわった全員の乗客は、手拍子、足拍子、口笛と、船中は感動の坩堝《るつぼ》と化した。

旅の終わりに私は、ド・ゴール空港の上空から「オールボワール・パリー、メルシー・パリ」と叫んだ。

帰路の航空機は、甥の部下がド・ゴール空港の支店長をしていたので、超デラックス、スチュワーデスつき、ベッドつきの個室をプレゼントされた。イギリス、フランスの旅は忘れられない。逃がした大魚より。

数年ぶりの女神との再会に胸を躍らせながらお台場に降りて驚いた。台座だけでも私の四倍ぐらいの高さ、首を直角に仰向けないと何も見えない。近くによって私の背より高い台座を、撫ぜていると、甥は数メートル後ずさりして女神と私をカメラにおさめてくれた。

私は近くで像を見て愕然とした。セーヌで遠くから見た女神は優美で美しく慈愛に満ちていた。帰国してから数年過ぎての再会はロマンチックなものではなかった。彼女は肩を怒らせ左手に銘板、右手にたいまつを掲げ、毅然としてお台場に立っていた。


フランス国民がアメリカ合衆国の独立百年を記念して両国民の友好のしるしとして一八八六年に送ったとされる女神像。全世界を愕然とさせたテロ以来、約三年ぶりにマンハッタン沖のリバティ島で一般公開されたそうだ。

州知事の挨拶は、「この像の今回の公開は、自由がニューヨークで生きており、かつてないほど輝いていることを表している」というメッセージだったそうだ。

リバティ島は二〇〇一年九月同時多発テロを機に閉鎖、同年十二月に島の閉鎖は解除された。今のリバティ島の女神はどんな表情をしているのだろう。それはその時々見る人々の心のありようによって違うのかも……。

月日が流れた今も、あの痛々しい顔で、新聞やテレビに映る大魚と同時進行であの日の厳しい女神像を思いだす。

ところでわたしが大魚をひいきなのは、男前でも一国の総理大臣であるからでもなく、大魚が、今は亡き甥の忘れ形見、孫息子の遼太郎にそっくり、他人の空似なだけの実に単純明解な理由だけである。

興梠　マリア

最後の接吻《くちづけ》

最後の接吻《くちづけ》

柔らかくってあたたかいものに包まれる……それは私の持っている一番最初の幸せな記憶だ。いい香りもした。ふとしたとき、その感触すら甦る。触りもしていないのに、周りには何も無いのに、鮮やかに想い出されるのだ。

夏の終わり、誕生日はもうすぐなのに貴女はたった一人逝ってしまった。貴女から産まれた私は貴女の血を引く孫を二人、その娘二人が伴侶を得てひ孫達が五人、貴女の生まれ故郷の京都に集まっている。貴女を送るために駆けつけてくれた、あどけない、まだなにもわからない幼子達のはしゃぐ声に癒される。

「どうして泣いているの？　グラニィにあえるって楽しみに来たの？　どこか痛いの？」

ちょっとおしゃまな、三歳になって幼稚園に通いはじめた孫娘の未恭《みく》が私の側に来て問う。ぷくぷくとした手で涙をぬぐってくれる。

「大きいママが……グラニィのお母さんが……」

きちんと説明もできない私の側で私を見上げ、

「お背中トントンしてあげるね。いいこ、いいこ、よしよし、よしよし」

孫娘の未恭は私の膝に座りとっておきの呪文を唱えて寄り添ってくれた。かつて自分が受けた心地よさの最上の記憶をたどり、私に施してくれているのだ。

未恭が泣いた時……どんなことで泣いた時なのだろう。ママにしてもらったの？　私の娘はこんなあやし方をどこで覚えたのだろう。誰に「お背中トントン」をしてもらったのだろう。私、こんなのはじめてだ。

両親とは小学校入学まで一緒だった。兄とは八歳と六歳違いで同じ家に住んだことはない。裏庭のドアをあけて階段を降りて行くとそこは砂浜の海岸で、私はバケツと小さなスコップをもって朝夕飽きることなくそこで過ごした。赤いラジオフライヤーをよいしょ、よいしょと引き連れて、その中に貝殻や石などを拾っては詰め込んで楽しんでいた。

沈みゆく夕陽がとても大きかったことは今でも忘れず覚えている。私にとってとても大きな父と二人並んで、ゆっくりと沈んで行く夕陽をよく眺めていた。

ある日、父の膝の中で砂を盛って遊んでいた。父は私の顎を両手で抱えて私の顔を夕陽に向かわせた。

「夕陽を見てごらん、聴いてごらん。静かに、静かにしてごらん。ほら聴こえる？　心臓の音。ドックン、ドクドク。ダディのもマリアのも聴こえるよね？」

背もたれになった父の胸で鼓動が響きあった。

「もう少ししたら太陽が沈むよ。ゆっくり、ゆっくり海にはいって行くよ。その最後、マリア、ジュッて音がするんだよ」

ずうっと、まっすぐ夕陽をみつめて、耳をすまして、集中して、息をつめてみまもった。彼方の海は周りを朱に染めて、にび色となった雲までも引き連れて、暮れなずむ穏やかな色の海にゆっくりゆっくり姿を隠していく。大海原の果てに繰り広げられる自然の圧倒する勇姿は、見るものの視線を捉えて離さない。

なのに私にはいつも聴こえなかった。

まったく。ぜんぜん。あんなに大きな太陽なのに……。

父を見上げて聴こえないと訴えることもできず、そのうち疲れて眠ってしまう。いつものこと。

小学校に入学してから学生時代まで、朝陽も夕陽も見ることはなかった。結婚して宮崎に住んでからは朝陽の見える環境だった。故郷アメリカに繋がる太平洋。海岸に立つと、大海原を見つめると、私はいつでもあの頃に戻れる。父がいて、母がいて、それがどれほどの幸せかもわからない日常のありふれたシーン。

両親が常に居ないという日常の寂しさは、結婚という家庭を持つことで解消された。お手本は何度も感じたあの「さびしさ」。

私が得られなかったものを再現する。

ちいさなことでもよく覚えている。お弁当なんて作ってもらえなかった。給食なんてなかった留学先の高校では、お昼休みになると友達から離れて修道院の食堂で修道女たちと共に食べた。おしゃべりなんて無し。ただ、黙って食べる。そしてまた教室に戻る。そういう規則だった。

夕食も同じ。制服のまま、今度は聖書の朗読を聞きながら食べる。学校が早く終わった時は台所でお手伝いをする。ジャガイモや人参の皮むき。調理の修道女はフランス語の先生でもあるので、お手伝いの御礼に発音の練習をおしえてくださる。特訓かな?

冬になると底冷えのする京都。教室の暖房はその当時石炭だった。だるまストーブを囲むように囲いがあり、持参のお弁当をおく棚がしつらえてあった。

登校すると一番に鞄からお弁当箱をそこに置く。アルマイトかな、金属でできた可愛い花柄や模様のついたものが次々置かれる。部屋が温かくなると教室中になにやら美味しそうなにおいが満ちてくる。

お弁当箱を買った。なんと保温性のあるものが売られていた。スープも入れられ、朝作ると昼でも温かいご飯が食べれるのだ。お弁当つくり。夫が退職するまで、娘たちが中学生になり高校を卒業するまで、私は作り続けた。いつもいつも、ひとりでたべるあの食卓を思いながら、私は何かを取り戻そうとしていた。

二人の娘たちがまだ小さかった時、家族で海に行った。波と戯れ、浮き輪につかまり、サンタモニカの海岸と同じような太陽と海の色。海が大好きな私なのに、私は仲間に入らなかった。娘たちが私を呼ぶ。

「ママ！　ママもいっしょに来て。一緒にあそぼうよ！　は・や・く！」

麦藁帽子を目深にかぶり砂浜に座り、大声で、

「見ていたいの」

忘れられない光景。娘たちがわ・た・し。

私の求めていた、得られなかったあの時。

マミ、遊んでほしかったの。

ダディ、一緒に居てほしかったの。

言葉に出せない想いは渇望だけではなく、羨望にも留まらず、いつのまにか仕返しのような邪念に摩り替わる時がある。

父が入院した。病気なんてしたことの無い丈夫な人だった。

入院するから看病をしてくれないかなと言う。手紙には、娘の私が側にいると早く元気になれるから、と書いてあった。私はすぐに手紙を書いた。

「娘が中学生になりました。私は毎朝、お弁当を作らなければなりません。だから行けません。ダディにはマミィがいるでしょう」

この手紙が最後のものとなってしまった。

そして父は逝ってしまった。とんでもない父の遺言は、私には知らせないようにというものだった。そして皆それに従い、葬儀を終え疲労困憊の母が日本に戻り、宮崎に来て私は父の死を知ったのだ。

大正に生まれ、昭和の初めに父と結婚。アメリカへと旅立った母は、平成になった年に再び故郷の京都に戻ってきた。多くの病を得て入院が続く。

母は八人兄妹の長女で妹が三人もいた。皆アメリカ帰りの姉を懐かしく思い、大切に世話をしてくれた。

私は宮崎に住んでいることもあってなかなか母になじめず甘えられず、祖母と話すほうが楽であった。そして母は私とは日本語では話してくれなかった。びっくりするほどの違和感があった。それでも月に一度、母に逢いに京都の入院先を訪れた。

その頃、私にも人生の大きな選択で、嫁ぎ先の両親と同居という嫁としての日々が始まった。母よりも高齢な義父母のお世話で宮崎から離れることができなかった。

東山にあるサナトリウムに入院してからは、娘たち家族と京都で待ち合わせをして見舞った。小柄ながら車椅子に座る母の姿勢は、凛としていた。孫や娘たちや婿たちが挨拶をすると必ず手を出し握手した。

その母も度重なる手術で寝たきりとなってしまった。やせ衰えた身体ながら、目だけは大きくいつも見開いていた。

ほんの少し、短い時間だけ母と霊安室で二人きりになった。いや、扉の側には葬儀会社の人が一刻も早く葬祭場に搬入をと待ち構えていた。白布に覆われた布をそっと取り、胸元で硬く合わされた手に両手を重ねた。小さな顔。鼻筋は高く大きかった目は閉じられている。いっぱい話したかったはずなのに私の口からは言葉なんて出なかった。涙だけが母の首元に滴る。

扉の外の黒服の男性が二人そっと、音もなくちかづいて、私と母に黙礼をすると寝台のストッパーをぐいとはずし、後ずさりをして霊安室から運び出した。私は必死にその後を付いて行く。

荼毘に付される間際、近親者だけの束の間のひと時が与えられる。火葬場に着いたときから寄り添い鈴を鳴らし読経を続けていてた和尚が、一区切りついた時、合掌拝礼のあと私を部屋の隅に誘った。懐から赤い束をとりだし私の手に、包み込むように渡された。

「長く外国で過ごされたお方と聞きました。棺が閉じられる時、仏さまにお託しください」

「散華」とよばれるものだった。

棺に横たわる母は、真綿で作られた花嫁衣裳に綿帽子を着ていた。背中を押され母の所に行った。右手で頬に触れた。左手には色とりどりの散華を握り締めていた。

なぜか瞬間、あのことを想いだしたのだ。小学校の寄宿舎に入る時、母は私の背の高さまで腰を落とし私を見つめ、しばらくして指を二本、自分の口に当てそして私の唇に触れたことを。そしてまた自分の口にあて、ゆっくりと立ち上がり振り向きもしないで、サヨナラもいわないで車に乗って去っていったことを。

同じようにした。散華を投げ入れた。

三歳だった孫娘の未恭はもう小学生になっている。その日、銀座でロードショー公開される「モモへの手紙」という映画を一緒に観に行った。東京郊外に住んでいるので、電車の乗り換えなどをしてやっとついた。

ある日、モモという名前の女の子はお父さんとけんかをして、心ない言葉をぶつけ、仲直りもしないままお父さんを事故で亡くしてしまう。お葬式の場面で未恭は私の手をぎゅっとにぎってきた。映画が終わっての帰り道、未恭はポツリポツリと話し始めた。

「大きいマミへグラニィがしたさよならのキス。未恭はきっとグラニィにしてあげるね」

最後の接吻。おぼえていてくれたのね。

釋夢人

エスト　ジャパネーゼ
——我、日本人なり——

エスト　ジャパネーゼ——我、日本人なり——

Gallia est omnis divisa in partis tris, …（ガリアは、全体が三つの地域に分かれている……）。リベラル・アーツの一つとして、欧州ではユリウス・カエサルの『ガリア戦記』の冒頭がラテン語で暗誦されるらしい。日本で言うところの『平家物語』の冒頭「祇園精舎の鐘の聲、諸行無常の響あり……」を暗誦するのと似ていて面白い（無論、『徒然草』でも『枕草子』でも構わないのであるが）。

話し言葉として死語となっているラテン語だが、一部の学問では未だに必要とされ、ひとつの教養として存在意義はあるようだ。文法などは複雑で習得するのは大変だと思うが、欧州各言語のルーツとなっていることが多く、少々乱暴な言い方をすると、我々が古典で古語を学ぶのと同じようなものだろうか。

先日、宮崎公立大学市民講座「能・狂言入門」を受講した。私は一九七〇年代にまるまる小・中学校生活を、八〇年代に高校、大学生活を送った世代である。高度経済成長からバブル時代に移っていく時でもあり、〝みんなで力を合わせて食べて行こう〟という時代から〝物質的豊かさ＝幸福を追求する〟という、世の中はある種の軽躁状態で、一億総中流階級。文化は欧米、特にアメリカ文化崇拝時代であった。従って小中高校と個人の嗜好は別として、公的には伝統芸能・文化に触れる機会がほとんどなかった。

育った環境にもよるのだろうけれど、私的にも、足袋を履いたのは小学校時代に町の神社の子ども神輿を担いだ時や、運動会で足袋を履いて走ると早くなると、一時流行した時くらい。着物は浴衣の写真が一枚あるのみで、七五三も洋装であった。勿論、NHKの教育チャンネルなどには伝統芸能番組があったかも知れないが、観る筈もない。

しかしここ五年ぐらい前から、時代の流れや年齢のせいなのか。地方で鑑賞できる機会が増えたことも一因と思うが、狂言、歌舞伎を観る機会が幾度かあった。

歌舞伎は確かに面白い。時代劇の延長といった感じで、言葉は理解しやすいし音楽も舞台装置もなじみはある。ストーリーも解りやすく踊りも見栄も解る。あと何回か観れば「〇〇屋！」と、大向こうを言えるような気もする（一応〝大向こうの会〟というのがあるらしいが、言っていけないことはないらしい）。

狂言は、またぐっと素朴になる。言葉は多少古い言い回しが多くなり、擬態語・擬音語も入り、衣装や舞台装置に煌びやかさや派手さは無いが、掛け合いや物真似の滑稽さが、風情を感じさせる。「ふむふむ」と、少し古いものが判った気にはなる。

さて、「能」である。市民講座に先立ち、宝生流の『羽衣』を鑑賞した。まず舞台そのものに圧倒される。木組みで作られた伝統的な檜舞台。揚幕《あげまく》から約十メートルほどの橋懸《はしがか》りを経て後座に続き、背景として鏡板に影向《ようごう》の老松を描き、本舞台へ。正面に白洲梯。観客席の椅子はパイプ椅子ではあったが、初めての能鑑賞のため羽織袴を着用し、否が応でも気分は盛り上がる。

私のように初体験の者のために、まずは「能」の解説があった。それだけでもう理解できたつもりになるのが、浅はかな未熟者のそしりを免れない。その後、『橋弁慶』の素謡、『高砂』などの仕舞があり、『羽衣』の素謡で一部が終了（こりゃぁ、まずい。少し、いやいや、だいぶ解らん）。初めてであるし、一般的な謡もほとんど聞いたことはない。途中周りを見ると幾人かは舟を漕いでいたが、羽織袴を着ていてはそれも恥ずかしい。

飴玉を舐め、気を取り直して十五分ほどの休憩の後、二部へ。まずは狂言の『水掛聟』。あらすじも鑑賞会ガイドに書いてあるし、楽しく鑑賞した。少々余裕が戻って来たところで、いよいよメインイベントの『羽衣』の舞。内容は幼稚園の頃にも教わったことのある天女と漁夫の話である。ポピュラーだ。

前もって、一部の『羽衣』の素謡で話は進んでいる。漁夫が羽衣を取り上げ、天女が舞を舞う代わりに羽衣を返して貰う。しかし漁夫は、返した途端に天へ逃げ帰るのだろうと疑う。天女は疑い合うのは人間の世界だけ。天界には嘘はないと、そういった身につまされるやり取りのあと、二部での舞となる。

しかし実のところ、素謡での内容はところどころしか解らず、休憩時間にガイドを読んでようやく理解した次第。（あー、恥ずかしや。いつの間にか舟を漕いでいたものか、あるいは幽玄の世界に酩酊していたのか。ともあれ、心して舞を鑑賞致そう）。

囃子そして、謡が始まり、いよいよ揚幕から天女の登場。小面《こおもて》に鳳凰天冠を載せ、摺箔《すりはく》の着付けに真紅の縫箔《ぬいはく》を腰巻に、白いシースルーの絹織物に金の糸で刺繍が施された長絹《ちょうけん》をまとい、摺り足で橋懸りを歩んでくる。息を呑む。美的感性の素晴らしい人であれば、おそらくこの時点でトランス状態となり幽玄の世界へ入り込むのではなかろうか。そこはもう舞台ではなく、三保の松原となるのだろう。しかし、私の脳には徐々にアルファ波が出てくるのが分かる。独特の囃子にゆっくりと単調に舞台を歩き、わずかに手の動きを交えて舞う。謡はやはり音としてしか認識できない。

周りをみると、また何人かは舟を漕ぎ始めている。いや、幽玄の三保の松原へ魂は飛翔しているのかもしれない。私も段々に記憶や謡の音が途切れ途切れになったかと思うと、囃子の大鼓《おおつづみ》、小鼓《こつづみ》と合わせた「いや〜」、「ほっ」、「やっ」、「よ〜」という掛け声で現実の世界に戻り、次の瞬間、面《おもて》が眼前に迫ってくる。身体がビクッとなり、眼を見開くと役者は舞台の上で舞っている。そうして三十分余りが過ぎると、役者が静かに橋懸りを戻り揚幕へ消えて行った。

初めての「能」の経験で、幽玄だ、酩酊だ、魂の飛翔だと書いたものの、単に眠りかけていただけかもしれない。とにかく、何が何だか解らないのだから、何とも言いようがない。まあしかし、これが一般的現代人の反応ではなかろうか、などと自分を慰めつつ鑑賞を終えたのである。

その十日後から週に一回、市民講座が始まったのだ。経験も、感性も乏しい。能というものが何たるか。せめて知識だけでもと思いもするが、芸能というものがそういった類のものでないことは重々分かっている。（やめとこうかな〜）正直なところ、そう思ったりもしたが、希望者が多く抽選であったのに漏れた人にも悪いし、今後こういう機会はほとんど無いであろう。とにかく第一回目の講座に出席した。

初回は、歴史からだったが、知的好奇心を満たすということは、やはり何歳になろうと楽しくもあり、性にもあう。帰宅して復習予習までしてしまった。

二回目は能の特徴や構成で、音楽劇でありオペラに近いものがあるものの、面や装束、舞台、器楽、役割等々について、かなり実際的な内容となりぐっと能に近づいた感があった。もちろん成書をひもとけばさらに知識が深まり、学問的にも、より楽しさは増す。しかし当然それで本質が解る訳ではない。一抹の不全感を覚えながらも、それはそれでよしと、自分に言い聞かせた。

三回目は、実際の演劇に当たっての能舞台の仕組み・造りと、基本的な「能」の動きの解説であった。頭では解る。あらゆる、動きをシンプルにそぎ落とし、観客に想像させる。しかし、もう一つピンとこない。いにしえの感性としての想像力が乏しいのだ。日本人として半世紀以上を生きてきたにも関わらず、西洋文化以上に遠く感じる。恨めしくも、残念でもある。

およそ「〜道」とつくものは、こちらから飛び込まない限り、日常的にはある種隔絶された世界である。書道、茶道、華道、武道……等々。日本人の、生活様式が西洋風になった現在、日常的に伝統的行事、考え、所作を全員が身に付けるのは困難になっている。このような状況で、半世紀を生きてきたのだから、本来の日本人の心性から遠ざかっているのも無理はない。ましてや、伝統芸能など何をか言わんや、である。

そして四回目は囃子の体験と生活に生きる能であった。結婚式の『高砂』などは、まだ幼少時に映画などで聞いた覚えはある。独特の調子は記憶にこびりついているし、真似して歌った覚えもある。

しかし、国歌や、黒田節などと能との関係、三拍子のいわれ、野球で言えば「走・攻・守」だが、太鼓・大鼓・小鼓、雛飾りの五人囃子の並び方、正座の作法……先ほど、伝統芸能などは遠い存在と書いたが、知らず知らずのうちに触れてはいるのだと再認識させられる。

そうして、囃子に合わせて講師の先生が謡を交えながら簡単な舞を舞われた。その時であった。〈見えた〉のである。直面《ひためん》と言って、面《おもて》をかけてはいないが、無表情で舞いながら、ただ顔を下に傾ける所作一つで、哀しさ、切なさが不意に脳内に走り、その情景が〈見えた〉のだ。（嗚呼、嬉しや）やはりこの日本に生を受け、育まれてきた賜物だろうか。血の中に記憶は受け継がれ、呼び起されたのか。

講師の先生は、現在ボランティアで伝統芸能の普及（特に子どもたち）に尽力されている。それは古来からの立ち居振る舞いだけでなく、随伴する精神や魂も伝えようとされているのだ。

私たちの世代は、どこかで日本人としての拠り所を求めている気がする。自分の息子らには、羽織袴を着せ七五三の写真を撮り、武道に触れさせた。だからと言って、全くもって現代の若者なのだが、全世界的な時代であるからこそ、自らの出自に縋る時があるのではないだろうか。

昨今、学校教育では柔剣道が必須となり、道徳が科目として復活したが、国史必修とともに伝統芸能や文化も一つの科目として大いに推奨したい、と痛切に感じた次第である。

おっと、その前に、将来孫に笑われぬようしっかりと学ばねば。

須河信子

深い夢

深い夢

とにかく、いても立ってもいられなくなるのだ。風が吹けば胸がざわつく。陽が照れば想いが飛んで行こうとする。

咲いていたらどうしよう。

見逃したらどうしよう。

一カ月前に現地を訪れた人の話では、

「まだ全然咲いていませんでした。見頃は一カ月後ぐらいでしょうかね」

ということだった。

もうそろそろ彼の報告を聞いてから一カ月経つ。

今日の窓には小雨の雫が流れる。

六月十五日、私は車のエンジンをかけた。あの道はみんな飛ばす。つられてアクセルを踏むと、私の軽自動車にはかなり負荷がかかる。それに片道にトンネルが六個もある。往復で十二回トンネルを通らねばならない。私はトンネルに苦手意識を持っている。

でも行きたい！

その一念でアクセルを踏む。南バイパスを経由、国道二二〇号線をひたすら南下。左側の窓に見える青島の海は雨のせいか、さらさらと澱《よど》んでいる。波のうねりに粘着性がないのだ。雨で路面が濡れているせいか、追い上げてくる車もいない。雨の日を選んで海岸線を走る私も酔狂だ。カーブ全体を見渡せるまで速度を落とす。カーブを見通したところでアクセルを踏み込む。その作業の繰り返しだ。

青島トンネルの入り口が見えてきた。ライトを点灯する。このトンネルが一つ目の難関だ。大きく息を吐く。路肩に注意をしながら大型トラックとすれ違う。

出口が見える。ライトを消しながら、目が外の風景に馴染むまでスピードを落とす。

よし、トンネル一つクリア！

何度も同じ道を通うようになって、私はトンネルの数で距離を測るようになった。あとトンネル何個を通れば行き着く、と。

ここがクリアできれば後はさほど緊張しない。

チラッチラッとバックミラーを見る。私の車の後ろに五台ほど車が溜まると、左に寄る場所を探す。溜まった車は先に行ってもらう。そしてすかさず最後尾に付く。

目指すは「道の駅なんごう」。私はジャカランダの咲き具合を確認に行くのだ。

ジャカランダはカエンボク、ホウオウボクと並んで世界の三大花木と称される。中南米原産の木で、控えめ目な紫色の花を付ける。桐の花のような色で房になって咲く。オーストラリアやハワイでは多く見られ、ことにハワイの日系人たちは「ハワイの桜」と愛でると聞く。

日本でこのジャカランダの群生が見られるのは、日南市の南郷だけだという。しかし、花芽が付く二月頃の気候によって毎年、開花の状況が異なる。元々自生ではなく植栽によるものだからだ。しかも、植栽されている場所は山の北斜面なのだ。熱帯や亜熱帯の植物にとっては不利な条件だ。なかなか南郷のジャカランダの開花状況は予測できない。

だから私は毎年、この目で確認しに行くのだ。

ある年は山の斜面の七割が紫色に染まっていた。その年は花芽の付く頃に木に暖房をかけたとのこと。どのようにして山の斜面に暖房をかけたのか私は知らない。ジャカランダが植えてある山の斜面は宮崎県農業試験場の支場の管轄になっている。毎年、様々な試みがなされているのだろう。

さて、今年はどうだろう。ジャカランダの植えられている山は白い霞を羽衣のように重ねて、寂しそうに鎮座していた。

花がない！

山は申し訳なさそうにひっそりとしていた。

ああ、今年も駄目だったか。私は道路を挟んだ向こう側の山をしげしげと見つめる。濃い緑の葉だけが豊かに繁っている。

一方、道路のこちら側「道の駅なんごう」の駐車場には次々と観光バスが入ってくる。ナンバーを見ると、長崎や熊本からのツアーのようだ。どのバスからも年配のご婦人が降りていらっしゃる。

「どこに花があるの？」

という問いかけが飛び交う。しばらくして花が咲いていないことがわかると、皆さんあっさりと道の駅の店舗に向かわれる。

私より遠くからお越しなのに、ジャカランダが咲いていないことにはあまりこだわりをお持ちではない模様。もとより相手は自然なのだから、こだわっている私の方が滑稽なのかも知れない。

それでも三年前、ホテルに一泊を決め込んでライトアップされたジャカランダを見に行った時、こんなことがあった。

京都からわざわざジャカランダを見にいらしたという、お母さまと二十歳ほどと思しき娘さんお二人とご一緒した。彼女たちはほんのわずか咲いていたジャカランダの前から立ち去り難い様子だった。飛行機に乗ってわざわざ親子で南郷までいらしたとのこと。親子の思い出深い旅になるはずだったのだろう。

しばし物言わぬ山を眺める。来年は咲くのだろうか、と諦めがつかない。風がないせいか霞も動く気配がない。店の中からはご婦人方の賑やかな声が聞こえてくる。おみやげ物を選んであれこれ会話が弾んでいる。これから都井岬に行く予定なのかな。そんなことを考えながら私は展望台に立っている。

ずいぶん昔、

「満開のジャカランダの花の下で結婚式を挙げよう」

と言ってくれた人がいた。

「ジャカランダのアーチの下をウェディングドレス姿のキミと腕を組んで歩きたい」

「だから、待っていて」

と、彼は戦争に行った。

一年経ち、二年経ち、三年経った頃、彼は帰ってきた。本国には帰ったが、私を迎えに来ることはなかった。そのまま行方不明になってしまったのだ。彼は精神を病んで帰って来たのだ、と彼のご両親は言った。ご両親にとっても、彼は一人息子だった。

彼の父親は大阪にいた私を訪ねてきた。

「諦めてください」

と深々と頭を下げるために。

謝るべきは誰だったのか、私は未だにわからない。数カ月の訓練で彼を前線に送り込んだ国なのか、密林で彼を狙ったベトコンなのか。彼を止められなかった私なのか。それとも、行くことを決めた彼なのか。

以来二十年以上、私はジャカランダの約束を忘れていた。タウン誌を読んでいた時だったと思う。南郷にジャカランダの群生があることを私は知った。それから毎年、花の季節になると南郷に通うようになったのだ。

満開のジャカランダを見てみたい。そして、その花の下に立ってみたい。なかなかその願いは叶わない。いっそハワイに赴けば願いは叶えられるのだろうけれど。機会に恵まれないまま、夢を引きずって生きてきた。

人並みに結婚して娘二人と孫二人にも恵まれた。この上ない人生を得たとは思う。しかし、夢にケリがつかないのだ。

雨が強くなり始め、木製のデッキに立っている私の足元が濡れる。車に駆け込みワイパーを動かす。気づかないうちに、洋服も湿っていて寒さを纏ってしまったようだ。

来年もまた来よう。

サイドブレーキを下ろし、ブレーキからゆっくり足を上げる。そして加速。曲がりくねった道が続く。右目でチラリと山を見る。

いったい私は、花が咲いていて欲しいのかどうなのか、自分でもわからなくなってきている。ただ毎年この道を走ることに意味があるようにも思えてくる。

雨に叩かれている緑の中を走りながら、予備自衛官、即応予備自衛官の友人たちのことを考えていた。どちらも普段は一般社会で仕事をしている人たちだ。前者の年間訓練期間は五日間。後者の年間訓練期間は一カ月間。即応予備自衛官制度は陸上自衛隊にしかない。予備自衛官制度は航空・陸上・海上の三つにある。

どちらも自衛隊に一年以上勤務していた人たちが任意で登録している。家業を継がねばならない情況になったり、家庭環境の変化、例えば親の介護などで自衛官の職を辞せねばならなくなったりした人たちだ。これには女性も含まれる。一般社会でまとまった訓練期間を確保するのは容易なことではない。それでも彼らは自衛官でありたいと、職場との摩擦に耐えて頑張っている。

東北大震災に派遣された予備自衛官は言っていた。

「ビニールシートが足りなかったので、素手で水死体を抱いて運びました」

兵士にはさまざまな立場の人がいる。

私には何ができるのだろう？

山道を抜けて南郷の町なかを走る。雨は険しさの峠を越え、優しい曲線を描いてフロントガラスを流れる。「港の駅めいつ」で一度車を止める。そこには「定休日」の看板。

目井津の町なかを、昼食を求めて走ってみる。すぐに民宿を兼ねた食堂が見つかった。マグロ丼を注文して一息つく。

店内の壁にはビールのポスターが押しピンで留めてある。小座敷には孫二人を連れたおじいちゃんおばあちゃんが一組。テーブル席には中年の女性が一人。流行の店もいいが、昔ながらの店もいいものだ。妙に落ち着く。マグロ丼は美味しかった。心に沁みる丁寧な料理だった。食後のお茶がまろやかだ。
あと何年こうして南郷に通えるのだろう。
満開のジャカランダを見ることができるまで、きっと私は通うのだろう。それまでは私は
深い夢の中にいることができるのだから。

鈴木　直

雑草魂
時差を駆ける想い
肉タヌキの親子

雑草魂

春頃になりますと、日の出も早くなり、目覚めも早くなります。仕事前にひと仕事、それは雑草との格闘です。驚くべき速さで、雑草は成長します。

住宅を購入する際、芝生の手入れの方が樹木より楽という妻の言葉を鵜呑みにして、芝を庭全面に張りました。しかし、芝刈りや雑草抜き、目土の補充など芝生の管理にはホトホト手を焼いています。

人間は勝手なものです。人間が生存を望まない草を「雑草」と呼び、当然に取り除かれる存在として扱っています。拙宅の庭では、芝以外の草は雑草として抜かれる運命を辿っています。そのようなことも知らずに、彼らは儚い生命を謳歌しているのです。

抜いても、抜いても、生えてくる彼らの不屈の生命力には、憎らしいけど敬意すら覚えます。また、季節や場所により豊かな表情を見せる彼らの生き様はとても興味深いものです。おまけに、彼らに会う時は、無心になれるという効用もあります。翌朝、どのような雑草諸君に会えるのか、楽しみにさえ思えてきました。

時差を駆ける想い

先日、タイ国南部ハジャイのプリンス・オブ・ソンクラー大学（以下、ＰＳＵ）を訪問しました。ハジャイはバンコクから約一千キロに位置し、タイ南部の経済と交通の要衝です。昨今のテロ組織イスラム国の騒動が影響したのか、渡航の是非を検討してくださいと外務省から警報が出されていたため、一抹の不安を抱きつつの訪問でした。

しかし、訪れてみると、そんな不安も吹き飛びました。治安も良いし人々も親切、全くの杞憂に終わりました。時期は三月初旬、赤道に程近いタイ南部では夏真っ盛りであり、学校は夏休みというから驚きです。ソンクラーのビーチに行った時、「こんなに暑いのに、人々はなぜ泳がないのですか?」と尋ねたところ、「暑いから泳がないのですよ」というのです。地元の方曰く〝There are three seasons. A rainy season, a hot season and the hottest season.（三つの季節があります。雨の季節、暑い季節、そしてもっとも暑い季節です）〟ということで、今は最も暑い季節に当たるそうです。またある方は〝A hot season, a hotter season and the hottest season（暑い季節、より暑い季節、そして最も暑い季節）〟と言います。流石常夏の国！　結局、いつも暑いのですね。

街を走る自動車のほとんどがトヨタやホンダなど日本車です。鮨詰めのエレベーター内でのこと、頭上を見上げると、三菱と松下のエアコンが冷気を吐いています。下を見ると子どもがいます。その子の帽子にはアラレちゃん。タイの至る所でメイド・イン・ジャパンを見ることができます。自己紹介の時、バイクに跨がる格好しながら「スズキ」と言えば、皆さん合点がいく様子で、「私が（オートバイの）スズキの社長です」とジョークを飛ばすと、一気に打ち解けた雰囲気となりました。

まさかタイでこのような言葉に出会うとは思いませんでした。ＰＳＵでは（トヨタの）「改善」や「5S運動」を実践しているといいます。輸入されたものは日本製品だけではないようです。タイ人は一様に日本人を尊敬しているといいます。PSUも日本の大学への対応は手厚いといいますから、全くありがたいことです。

異国のキャンパスを巡ると様々な発見があります。身分社会のタイでは、人は見かけで判断されます。ハイソ候補生である学生にもドレスコードがあります。また、タイでは曜日に色があるようです。それに関連して、王族の方々は生まれた曜日に従って自身の色をお持ちです。国民はその色のシャツを着用して、誕生日を祝うという風習があります。王女さまの色は紫ですので、小生も紫のポロシャツを着用して祝意を表しました。

大学病院に「コスメティック」、つまりスキンケアを中心とした「化粧学」とでもいうのでしょうか？　日本の大学病院では珍しい、そのような部門も存在しました。より美しくありたいという女性の願望はバンコク共通、いや、万国共通のようです。

学生用の掲示板にプロフィールを記した紙が複数貼られていました。ミス・コンテストかと思いきや、学生に聞くと、学生会の選挙広告だといいます。多くの学生がより良い大学づくりに貢献したいと立候補しているようです。一方、今日の日本では、地方選挙において、無投票当選が続出しており、民主主義の危機と報じられております。日本人も見習わなければばならないと思います。

日本語講師K先生。日本では主婦業の傍ら日本舞踊を教授され、タイ人のお弟子さんがいたことが縁でPSUに招かれたといいます。足掛け十年、持ち前のバイタリティとマシンガントークでPSUでの地位を確立。英語もタイ語もゼロからのスタートでありながら、今ではコミュニケーションは充分すぎるほど。Practice makes perfect! 実践の大切さを感じさせます。何事にも「ありがたい」という感謝の念を忘れない、生粋の日本人です。主婦から一転、大学教員に！　異国の地でのリ・スタートは苦難も多かったと聞きますが、第二の人生で、タイでの大学教員も悪くないと思います。

古い独立国というものは、小生らにとって、はなはだやっかいなものでした。独特のタイ語の文字は解読不能。さらに九割のタイ人は外国語を話せないといいます。マレーシア国境に程近いハジャイで、英字新聞を求めました。一枚めくり、見出しを読む。また一枚めくり、見出しを読む。よっ、読めない！　そうです。そこには英語ではなくマレー語が書かれていたのです。アルファベットだからといって油断は禁物です。また、お土産としてセラドン焼を探していました。デパートの案内所で、dishes や cups の売場を尋ね、案内されるままに行くと、行き着く先にはレストランが。dishes を料理と誤解されたようです。

タイはアルコールに厳しい国です。一一時から一四時と一七時から二四時のみ購入可能となっています。三月四日「万仏節」という祝日の夕方、レストランに入り、ビールを注文すると、店員が「もう終わりました」というのです。終わったというか、（一七時以降なので）始まったのではないか？　と思ったのですが、とにかくビールは出せないというものですから諦めました。帰路コンビニでビールをレジに差し出したところ、事態は判明しました。仏教の祝日は禁酒となるそうです。タイ人は仏教のことだけはチャンとするのだよ！　と意味深長なことをK先生は仰っていました。

帰国の時、早朝ホテルから空港へ向かうタクシーを予約しました。急遽PSUが送迎してくれることになり、タクシーをキャンセルしないとなりませんでした。気の毒なので、「これでビールでも飲んで」と言いながら、キャンセル料として40バーツを差し出したところ、そのドライバーは受け取れないというのです。なぜなら、朝七時は既に自分のビジネスアワーなのでOKだというのです。安きに流されない、氏のプロ意識に感心しました。

バンコク市内で道に迷ったため、通りがかりの若い女性二人に道を尋ねました。二人も不案内の様子でしたが、友達に電話をかけたり、スマホで検索するなどしながら、親身になって案内してくれました。二人の身元を尋ねると、チュラロンコーン大学の研究者といいます。

思い切って会食に誘いましたが、女性は〝I would love to, but I cannot〟。このフレーズは、かつて英会話講座でスマートな断り文句として習ったことを思い出しました。しかし、皮肉にも断る側ではなく、断られる側として耳にすることに！　あえなく撃沈。失意のまま帰国の途に就いたのでした。

肉タヌキの親子

「肉タヌキの親子が、また来たよ」という囁きが聞こえてきそうです。動物観察の場面ではなく、寓話の一齣でもありません。宮崎市江平町にある老舗大盛うどんでの一幕。「肉タヌキ」とは、「肉タヌキうどん」のことで、「親子」とは小生と愚息のことです。ほぼ毎週末、二人で店を訪れては、決まって「肉タヌキ」を注文するものですから、既に店員は小生らを認知しているに違いなく、冒頭のようなことを想像したのでした。

宮崎の名物であるうどんですが、薄味が主流とされるなか、その特長は、なんといっても濃い醤油味で、甘辛いだし汁と柔らかい麺の絶妙な調和がたまらない逸品なのです。地元のうどん好きの心を摑んでやまない名店です。

一昨年、大盛さんは創業百周年を迎え、創業百周年記念イベントに参加しました。創業は大正二年、当時うどん一杯が五銭というから、時代を感じます。記念イベントは「古典芸能を愉しむ会」と題して、チンドン屋M氏が司会を務め、噺家S氏が高座に上がるというものでした。M氏からチンドン屋の歴史について説明があり、「チン」という鐘の音と「ドン」という太鼓の音の組み合わせがその由来で、始まりは昭和五年頃であるといいます。大盛さんの歴史の方が古いことに驚きました。また、落語では、現代の身近な話題から一転、古典の世界へ誘うS氏の話芸に魅了されました。流石、プロの落語家だと感心しました。

あまりにも楽しかったので、二百周年記念イベントにも是非とも参加したいものです。冗談はさておき、宮崎が誇る食文化であるうどんを、これからも二百年、三百年と後世に受け継がれて欲しいと願ってやみません。

鈴木康之

さいたま俳句紀行

さいたま俳句紀行

俳句結社「海程」（主宰　金子兜太）の第五十三回全国大会が、今年は主宰の地元である埼玉県熊谷市で開催され参加した。昨年の箱根大会は、参加申込み後白内障の手術が入りキャンセルした。兜太師にお会いするのは二年ぶり、一昨年の長崎大会以来であった。

「宮崎の鈴木です。先生、ご健勝で何よりです」

「おお、久しぶりだな。元気か」

「ちょっと、眼を悪くしておりまして」

「そりゃあいかんな。少し肥ったんじゃないか」

「はい、運動不足になりまして」

兜太師とは個人的に特別親しい間柄ではないが、ずっと前に師の句碑を青島に建立した際世話人の一人だったこともあり、お会いする度にご挨拶をしてきた。

数ある俳句結社の中で「海程」を選択、入会したのは、俳誌巻頭にある「古き良きものに現代を生かす」というコピーと兜太師の自由な生き様に共感したからであった。爾来十五年が過ぎた。また俳誌の同人に推挙されて十年目を迎えた。退役、帰郷してすぐ「俳句でもやってみるか」と始めたことだが、こうなると「俳句しかないか」と思うようになるから不思議だ。

兜太師の居住する熊谷は、江戸時代には中仙道の宿場町として栄えたところ。今では上越新幹線などの鉄道や国道など多数の主要道路が集中していて、熊谷―東京間は宮崎―延岡間より近く極めて利便性の高い土地柄である。ただ、かねてから疑問に思っていたことがある。それは、兜太師の生まれ育った秩父がいくら近いにしても、熊谷は日本有数の猛暑地帯だからだ。夏場には気温がしばしば四〇度を超える。当地が関東平野の内陸盆地に位置し、海風に乗り北上してくる東京都心のヒートアイランド現象により暖められた熱風とフェーン現象で暖められた秩父山地からの熱風が、当地付近で交差するためといわれている。ご高齢（九十五歳）の兜太師にはいささか酷な居住環境ではないか。ともあれ、白内障手術後のドライアイ症状で相変わらず眼の調子は良くないが、今年の熊谷大会にはどうしても行かねばならぬと思った。

大会の前日、五月二十二日㈮上京、東京駅構内で山田　晃さんと落ち合い、昼食にざる蕎麦をとり、上越新幹線に乗車、五十分ほどで早稲田本庄駅に着き下車した。西本　久さんが車で出迎えてくれた。山田さんは後輩の会社ＯＢで親しい友人でもある。西本さんはＳ社の専務取締役をやっている。

十分ほどで目的のＳ社・埼玉工場に着いた。実に約二十年ぶりであった。工場では谷　洋平社長、大矢昭彦取締役・工場長、青木　要環境安全部長らが出迎えてくれた。私が親会社の三人のスタッフと共にこの工場のある関係会社・Ｓ社の再建に赴いたのは一九八七（昭和六十二）年春のことであった。バブル景気の最盛期・Ｓ社は売上げが百三十億円もあるのにどういうわけか大幅な赤字を出していた。私は着任早々スタッフと共に経営不振の原因を突き詰め、人事を刷新。会社再建に苦労はつきものだが幸い社員の協力を得て、就任二年を出ずして何とか黒字にすることができた。

埼玉工場は、埼玉県北部の本庄市に隣接する上里町に立地し、東京寄りに深谷市、熊谷市がある。工場はテレビやラジオ、スピーカー等のパネルなどの成形・塗装・印刷・組立加工を行い、東芝、ソニー、松下など主要な電機製品メーカーに供給していた。「ジャパン・アズ・ナンバーワン」と国の内外からも囃され、日本の電機業界のみならず、製造業のもっとも幸せな時代だった。

当埼玉工場は深谷市にあった国内有数の東芝・テレビ深谷工場向けに建設された。過去形なのは、同工場は二〇一二（平成二十四）年、テレビ生産から完全に撤退したからだ。総合家電メーカーだった三洋電気は今年四月事実上消滅した。今はまた、液晶テレビで世界に雄飛したシャープが莫大な損失を出し、浮沈の瀬戸際にある。松下もソニーも電機業界は例外なく苦境に立っている。バブル崩壊後の「失われた二十年」を地で行った典型がこの業界であろう。S社は埼玉工場のほかに福井工場、大阪支店、浜松支店を有し、本社は東京の虎ノ門にあった。事業の主力は電機業界に依存していたので業界の衰退は大打撃で、私はずーっと気になっていた。

日本の製造業は自動車を除き、バブル崩壊後の過剰設備、過剰人員、過大な不良債権のリストラに追われ、加えて冷戦終了後の市場のグローバル化で海外生産に切り替える対応はしたものの、新しいビジネスモデルの構築に失敗。特に輸出の花形でもあった電機業界は新興の韓国、中国勢に完敗した。

谷社長から会社の現状を詳細聞いたが、会社の事業構造を電機から自動車関連や医療機器等に切り替えるなど懸命の経営努力をしてきており、昨今会社としては黒字のメドがたったものの、当埼玉工場の採算は厳しく工場の存立さえ懸念されている。

「社長、よくやられましたね。話を聞いていると、久しぶりに現役に帰った気分になります」

「西本氏や大矢氏らが残って頑張ってくれているうちに、この工場を何とか黒字に持っていきたいと思っています」

私が経営を担っていた時には、まだ若く技術屋の中堅社員だった彼らが、ガッチリ会社を守り立ててくれていることに「アツい」ものを感じた。工場を見学、旧知の社員が何人もいる。私が導入した射出成形機は三台から十台に増えていたが、塗装作業は無くなっていた。旧知の社員も入れ記念写真を撮り、工場に別れを告げた。埼玉工場無かりせば眼疾もあり恐らく今回熊谷に来ることはなかったかと思う。当夜はかつて埼玉出張の際定宿だった本庄駅前のホテルに泊まった。

麦の秋成形機の音時を打ち　　康之

熊谷大会は日程通り、都心から一時間の北関東では著名な森のリゾートホテルで開催された。天皇皇后両陛下をはじめ皇太子同妃両殿下など皇族方がお出でになった由緒あるホテルである。天然の温泉もあり、テニスコート、ゴルフ場、ビーチプールも完備している。せせらぎに平家蛍が点滅、蛙の男性合唱が切れ目無く続く夜の風情もなかなか佳い。

十三時からの総会冒頭、兜太師が主宰挨拶。「私はまだまだやれる積り、なかなか私は死なねえぞ」と宣言された迫力には驚いた。兜太師にはセクシーな生臭さがある。数年前大病を患われた人とはとても思えない。そう言えば、『私はどうも死ぬ気がしない――荒々しく、平凡に生きる極意』というタイトルの近著がある。大会日程を次に記す。

五月二十三日(土)
十三時　海程総会
十四時　第一次句会（事前投句二句／主宰講評など）
十八時　第二次句会投句締切り（一句）
十八時三十分　夕食・懇親会
五月二十四日(日)
七時　朝食（バイキング）
九時　第二次句会（主宰講評）

十二時　全国大会終了／昼食／解散
十三時　有志吟行（埼玉古墳群・さいたま史跡博物館／貸切バス使用）
十八時　夕食・第三次投句締切り（一句）
十九時　小句会（四グループ別）

五月二十五日(月)
七時　　朝食（バイキング）
九時　　第三次句会（主宰講評、授賞）
十二時　有志吟行会終了／昼食／解散

今次大会参加者は約二百名。女性が三分の二を占める。米国から二名、豪州から一名いずれも女性。宮崎からは男女併せて十名が参加した。有志吟行会参加者は大会参加者の半分、約百名であった。参加者に高齢者が多いのは今日止むを得ない。

兜太師の講評は辛辣だが、作者を傷つけない配慮がある。佳作句、入選句に次いで問題句が俎上に載る。投句数が百句ぐらいなら全句講評されサービス精神も旺盛だ。事前投句約四百句の中から選ばれた特選五句は次の通り。

枯木立寡黙な人の反戦詩　新城信子
農民とは被爆の畑に種蒔きぬ　篠田悦子
牛の肌に触れて蛍火若き農　藤野　武
逃水を追ってどの木に登ろうか　塩野谷仁
蚯蚓を飼うと移り来し人夏落葉　野田信章

ホテルの屋上から西方を眺望すると、兜太師の産土である秩父盆地と山々はほんの目と鼻の先。熊谷を定住の地とされたことをやっと納得することができた。懇親会では師肝煎りの「秩父音頭」の謠と踊りが披露された。

ふと佐土原出身の修験者・野田泉光院のことが頭に浮かんだ。確か泉光院は秩父も通ったはずだ。後で調べたら、江戸－千住－草加－大宮－北本－岩槻－東松山－白石峠－秩父－高崎→日光と行乞巡礼の旅をしている。泉光院は文化文政時代の六年間、日本全国を歩き回り、『日本九峰修業日記』を書き遺しているが、俳句が大好きで、旅の先々で俳句好きの人を見つけては楽しんでいる（俳号は一葉）。身分の違いはあるが、俳人・山頭火行乞の先達かも知れないと思った。かくして懐旧と兜太師に会う旅は終わった。

忘らるる身をは思へと秋の風　一葉
曼珠沙華どれも腹だし秩父の子　兜太
産土の兜太は不死身荒凡夫　康之

竹尾康男

夕餉のともしび

ファインダーを通して見る彼は、本当に逞しい。畑の中に仁王立ちする、農業で鍛えた筋肉質の体。斜めの光を受けて目鼻立ちが際立つ日焼けした顔。その男らしさにひかれた私がシャッターを切ると、彼は柔和な表情になって私の方へと近付いてきました。見ると少し片足をひきずり、やや前屈みの姿勢です。私は彼に労《ねぎら》いの声をかけました。

「いい写真が撮れましたよ。鍛えぬいた強い男をバッチリ記録できました。大根は上上の出来のようですね。美術品のような見事な野菜を作りあげる作業は楽しみ一杯でしょう。身体も丈夫になるし良いお仕事ですね」

しかし、返ってきた言葉は予期しないものでした。

「なんのなんの。誰が好き好んで百姓どんやる奴が居ろか。やらんけりゃ明日からすぐ喰えんようになるから仕方なしにやっちょっとじゃ。作物の出来は天候次第。豊作になればなったで値がガタッと落ちて、手取りはチョロッとにしかならん。そっでん腰や膝が痛えとを我慢してやっちょっとど。畦や道路の草刈り、水路の清掃とやることは山ほどあるが、こりゃみなタダ働きで一銭にもならん。昔は地区の者が集まって共同作業でやれたが、今は病気の老人ばっかりじゃが。それでも何とか頑張って美しい部落をやっとのことで保っちょるとよ。でも、都会のもんはそんげなこと一つも知らんわね。『里山こそは日本の原風景だから守っていかないかん』とかなんとか気楽なことを言いよる。そのくせ金じゃねえして排気ガスだけ撒き散らしていくとよね」

日頃から溜めに溜めていた鬱憤を一気に吐き出すかのように老人は喋り始めました。私は一瞬面喰らいましたが、興味をそそられて彼の目を見つめて次の言葉を待ちました。

「百姓は農産物を作って売って喰うちょるが、農作業のうち稼ぐ分にかける手間はほんの少しで、大部分は山でん畑でん国土保全というやつに費やしちょっとぞ。外の者はこの風景を見て〝日本の原風景〟とか〝心のふるさと〟とか気楽に言うが、何もかも百姓仕事の副産物みたいなもんじゃが。安倍首相も〝美しい日本〟とよく言うけんど、俺達百姓の実情をどこまで知っちょるちゃろかいね。それに今の農村には跡取りがおらんじゃろが。この部落にも良い子が何人もおったつよ。勉強がよう出来た子や運動神経のいい子が何人もよ！　高校の先生がむりやり東京の有名大学に入学させて自分の手柄にしよった。子供達はいったん都会に出ると大学を卒業しても郷里には戻って来ん。都会の女を嫁にしたらとんといかん。墓参りにも帰ってこん。こん調子じゃ教育が行き渡れば行き渡るほど、皆東京へ行って田舎は空っぽになってしまう。教育が農業をダメにしたとに、食料自給率を上げろと言ってん無理にきまっちょるが」

そう言って老人は遠くに目を移し、淋しそうな表情をしました。私はそんな彼に同情しながらも苦しい現場の話に興味を覚えて、更に質問を続けました。

「夜はいつも風呂に入って晩酌ですか？　今日は変なカメラマンがやってきたと話しながら奥さんとちょっと一杯」

すると老人は大きく首を横に振りました。

「何がそんげなこつがあろか。かかあはずーっと以前から腰を痛めてゴロゴロしちょる。じゃかい、いつの間にか背が丸うなって小めえなった。よう働きよったけどなあ。かわいそうなことをした。働くだけ働いてこうじゃきなあ。テレビを一日中見ちょったが、この頃の番組はロクなものが無いといってラジオを聞いちょるみたい。子供は時時電話をかけてくるけんど、何も話すことは無いわね。〝変わりねえと？　変わりが無けりゃいいわね〟といつでもこうよ」

思い出すと腹が立ってくるようで、声もおのずと大きくなってきます。私はこんな人こそ晩酌を楽しんでもらいたいと思いました。

「おらあ酒好きじゃけんどん、一人で飲んでんつまらんから早う寝てしまうとよ。でも朝になっても身体はだりいし痛いし、何やるのもよだきして張り合いもない」

そう言って痛い腰に手をやり左右にひねりながら言葉を続けます。その様子は、働いても働いても楽になれない、啄木がじっと手を見たという心情を思い起こさせます。

「ほら見ちみない。あん家もあっちの家も空き家よ。家ん中は住んでいた人が出て行ったまんまの形で残っちょるが。座布団も寝床もそのまんまで人間だけがおらんようになった。あんた達が柿の実の朱《あか》と古い家とはよく似合うと言うけんど、実際は熟した実がグチャと落ちて玄関を汚すし、落葉もたまって草もぼうぼうになる。以前はここに村の顔役が住んじょったことを思うと、この荒れ方には涙が出てくるが」

そう言って指差した方角は私が先ほどまで歩き廻って寂れた農家の佇まいを写真に収めた方面です。私はここまで来る道筋を思い浮かべながら尋ねました。

「この近くに病院とか良い施設があるんですか。それらしきものは見かけませんが……」

「それよ、問題は」

老人の語気が再び強くなりました。

「いいとこは皆が行きたがるから長い間待たされる。前から入っちょる人が死なな入れんとよ。それはやりきれんから他の施設を探すことになる。そうすると金のある奴は設備のいい所に行き、金の無い人は安い所に入ることになるわな。以前から知っちょる者同士が一緒なら仲良うしていいが、知らん人ばかりの中に一人で入ったら話もえせんし親しくならんから孤立してしまうとよ。孤立したら最後、ボケがどんどん進むことを知っちょんな、あんた」

多くの人が村を離れてバラバラになったことは容易に想像がつきます。

「老人が行くとこは病院か老人施設に決まっちょるが。近頃の病院は治らんでんすぐ追い出すから、結局は老人施設に入ることになる。一度入ったらもう出られんわ。もう他に行くとこが無いからね。我慢せにゃ仕方がないとよ。かわいそうなもんじゃが。本当は自分の家で死にたいと思っちょるとにね」

今でこそ農業が不遇をかこっていますが、私の少年時代には百姓全盛と思われる時期がありました。太平洋戦争の終わり頃から敗戦後のしばらくはひどい食糧不足が続き、主食の米麦は勿論のこと、芋さえも入手が難しく、配給される高粱《こうりゃん》で我慢しました。そこで買い出しといって、農家を一軒一軒訪ねては頭を下げて一握りでも米を分けてもらう門付けまがいのことをしていました。私も背負い袋を背に一山も二山も越えて農家を訪ねてはお金に糸目をつけず買い求めたり、母の着物と物物交換しようとしますが、無下に断られて手ぶらで帰るという口惜しい思いをしたことがあります。そんな苦い経験を思い出した私は、少し皮肉を言ってみたくなりました。

「でも、あなたのお父さんの頃はいい時代だったんだから、しこたま貯め込んで楽隠居ができたのではありませんか」

「何で楽隠居なんぞでけようか。百姓は身体が動く間は働くのが当たり前。じゃかい親父は八十歳近うなってもバリバリ仕事した。そん親父も卒中でポックリ逝ってしもうた。あとはかかあと二人で先祖が開拓した田畑を守ってきたが、もうこれも限界よ。百姓には定年もねえし、退職金もねえかい働かねばしょうがないわな」

皮肉を言わなきゃよかったと後悔した私は、慌てて慰め役に廻りました。

「でも漁師に言わせれば、百姓はいいなあと言いますよ。百姓は自分の食う分は確実に収穫できるが、漁師は海に出なきゃ一銭にもならん。そのうち油代が高いから漁に出れば出るほど赤字になる。漁にも行けば海をボケーと眺めているのは堪らんらしい。それに、百姓は自分だけの田畑を持って、マイペースで働くことができるが、漁師は自分だけの漁場を持っている訳ではないから他の漁船に荒らされる。競争というより喧嘩よ。集会で話し合いをしても、大きい船を持って羽振りのいい人の言うことが通ってしまうそうです」

「百姓も同じよ。金持ちは大型機械を使ってよそん田圃まで出向いて稼げるが、俺達零細は機械代払うために働いてるようなもんよ。稼いでいるという実感が湧かん。何のために働いているのか分からんようになったら〝心の停年〟が来たちゅことじゃが。でも寿命が延びた分だけ長く働かないかんし、長生きできてもこんげな立ち枯れみたいな生き方では生きてる甲斐がねえわね」

これは深刻な問題だと感じた私は、話の向きを変えました。

「ところで、あなたは選挙に行きますか。農協推薦候補の話を聞いたり話し合うような集会は無いんですか」

「あっとよ。でも俺は行かん。若けかった頃は熱心に演説を聞きに行ったもんじゃが。じゃけんど立候補者はみんなうまいこと言うて、稔った稲穂のごつ頭を垂るるけんど、当選したらそれで終わり。議員になった途端に姿は見せんし、何やっちょるのかねえ。俺が一票投じてん何も変わらん。鼻糞みたいなもんじゃ」

投票に行かない私達も悪いが、一票の重みを感じさせなくした政治も悪い。低い投票率の選挙でも勝った党は勝ち誇り、民意に耳を貸すどころか狭い独善的国家観で国を動かし、「もうどうしようもない」と民主主義の限界を感じさせる今の政治を、彼と一緒になって嘆きました。

止まるところを知らぬ長い立ち話をこんなところで打ち切って、ハンドルを握った私に声が飛びました。

「今度来っとはいつな。写真は必ず持ってきてくんないよ。葬式写真にすっちゃかいな。議員のごつ騙くらかしたらだめぞ！」

夕闇迫る中、明かりがついた農家を横目で見ながら帰路を急ぎました。

家家では今頃どんな一日の終わりを迎えているのでしょうか。温かく迎えてくれる家族がいるのは限られた家だけかもしれません。お風呂の中で満足感に浸った人は果たして何人いるのでしょうか。

私には私の帰りを待っていてくれる元気な家内がいます。風呂が沸き、食卓には好物が並んでいるかもしれません。二人だけの小さな団欒ですが、何でも話し何でも一緒に考えることができます。八十年かけてやっと手にした私の楽園です。

田中　薫

三十年前にテレビが来た島

三十年前にテレビが来た島

私が昭和四十年に大学を卒業して、雑誌の編集部に籍を置いてから、早くも五十年。あっという間に半世紀がたってしまった。編集者生活には面白いことがたくさんあった。海外取材には二十回近くは行ったし。けれど、記者というよりは編集者としての出合いが強かったので、自分が出張し取材した経験は比較的少ない。それでも、いくつも行った。それらの中で、今でも忘れられない、代表的なものが一つ。南大東島は今でも台風などのときは全国の注目を集める。

今は平成二十七年。だが私が南大東島へ行ったのは、昭和五十九（一九八四）年のことだった。そんなに時間がたっているのに、今になって、今さら南大東島のことを紹介する意味があるのか、ということなのだが。考えようによっては、長い雑誌編集者生活の中では、かなり記念碑的な仕事だったとは言えるのでは。

その前に、まずことわっておきたいのは、みやざきエッセイスト・クラブに参加してから、もう十二年がたってしまったということ。最初に参加したのは、平成十五年十一月、第八集からだった。この時は宮崎ゆかりの人をテーマにしたいというわけで、「善魔とスーさん」という作品を書いた。

私の大好きな松竹映画の名作「釣りバカ日誌」の鈴木建設社長役、スーさんはその昔、宮交の社員だったのだから。と言ってもそれは七十年も前のこと。このことを知っている人は少ない。そのスーさんもすでに鬼籍に入ってしまった。

私が宮崎に住んでいたのはスーさんの時代からみれば、ずっと後の十三年間だったにすぎない。だが公立大学に在籍したのは平成七年からの十一年間。私はそれまで、本社勤務以外の転勤を経験したことがなかったので、新鮮だった。宮崎での思い出もたくさんある。

けれど退職してさいたま市に戻ってからでも、もう八年がたった。とにかく月日のたつのは早いものだ。

☆

私は新聞社では取材の仕事はついでのようなものだった。本業の出発点としてはもともと雑誌の編集作業の一つとして、誌面のレイアウトという仕事があった。その世界に入ったのはグラフィックデザインを希望したことによる。

アートディレクションという言葉は、かなり昔からあったけど、今はそれ以外の言葉がますます増えて大きく違っているようだ。

最近は、まともな印刷物づくりに参加していないので、今のやり方が全くわからない。その手続きが著しく違っているようなのだ。

私が新聞社をやめて、公立大に着任したころまでが、旧時代の最後だったように思う。当時は原稿は半分は手書き。一部はワープロという時代だった。だがその後、どんどん進化してしまい、今ではコンピュータの全盛時代になっている。

レイアウトも手書きで印刷指定紙をつくるのではなく、いきなり行う。そして校正刷りを作り、細部を細かく感覚的に直していく。それが主流なのだという。こんなにやり方がちがってしまうことになるとは信じられない。

だから、そんな旧体制のままだったころの時代の思い出の一つとして、なつかしくあげられるのが南大東島なのだ。昭和五十九年七月のこと。あれからもう三十一年もたってしまった。けれど、その内容はちょっと、ユニークだったので、記憶のためにとぜひ紹介しておきたい。

南大東島はウフアガリシマという、沖縄本島から東へ飛んで三九二キロの、太平洋上の真ただ中にある。当時は南西航空の十九人乗りDHCエストール機で一時間半かかった。ふつうのセスナ機によく似た形の機材だったが、二回りぐらい大きい。それが今ではもっと大きくなり、琉球エアコミューターのDHC－Q100型、三十九人乗りが飛んでいる。

情熱のシュガーアイランド。だから那覇から東へ向かって行く手の太平洋上には、水と雲以外には何もない、水が青く澄んでいてきれいだった。

そして全島がサトウキビ畑なのだ。そんな大東島へ最初に行った日本人は明治三十三（一九〇〇）年、八丈島の玉置半衛門が開拓団を率いて開拓し発見したという。

その後、玉置が島に生息していたアホウドリを使って羽ふとんを大量に作り、巨万の富を築いたという。さらに、玉置商会――東洋製糖――大日本製糖と、主が変るコースを歩んだのだ。島の端に大きな工場がある。そこへサトウキビを一手に運び込む。それが、沖縄で唯一と言われた鉄道の役割だったのだ。

村の歴史年表をみると、四千人を超えた時代もあったようだ。

島は珊瑚の隆起環礁で、ぽっかりと丸くて平たい。高い山もない。お皿一枚を逆さまにして伏せたような形。ごつごつとした岩の切り立つ間に船がつけられる港が一つ。と言っても当時は乗り降りはクレーンで人や荷物を運んでいた。周囲は海。絶海の孤島なのに、太平洋の海の幸はあまり口には入らない。

☆

その時のメンバーは担当者とプロダクション、カメラマンと私、それにタレントの渡部絵美さんとそのマネージャー。

渡部さんが取材・ルポをする。その応援。彼女はかつて、スケートの名選手で大スターだったと言ってもよい。だが、荒川静香や浅田真央などの今どきの大スターが登場するよりもずっと前の時代の選手。そのあとには伊藤みどりなどが活躍していた。

南大東島はまず遠い。けれど当時はバブルの最中だったから、このような取材はよくあった。まず羽田から那覇へ飛ぶ。翌日、那覇から東の方向へ約九十分。飛行機に乗って飛ぶと南大東島に着く。今でもそうだが、すぐ近くの北大東島へは地図では近いけど実は遠いので便によっては三角飛行をして結んでいる。

唯一、有名だった南の果ての列車（シュガートレイン）は一年前に運転を中止したばかりだったが、そのレールはまだしっかりと残っていた。昭和三十一年からはディーゼルに。だが、ＳＬも残っていた。けれど、運転はもうしていなかったのが、残念だった。それでちょっとがっかり。でも、我々の取材目的は、これとは全く違う。

☆

何の取材だったかと言えば、テーマはテレビの放送。「テレビが来た島」だった。放送衛星「ゆり2号a」によって、直接、南の島でもテレビがみられるようになったこと。その喜びの様子を雑誌でつたえるべく、行ったのだ。

この衛星放送によってテレビが東京と同時に見られるようになった。それまではビデオのみ。本土からの電波は全く届かない。それで那覇で電気屋さんがテープを録画する。それを一週間遅れで飛行機で空輸して、各戸が借り出す。それを見る。

そんな悠長な島だったのに、衛星放送によるテレビが東京と同時に見られるようになった。これは便利になったということで、その喜びの様子を取材するというのがコンセプト。

ところがいざ現地に行ってみると、現場の住民の声は面白い。まず、放送が随時みられるようになって、最初の言葉は、なぜ朝、同じことを何回も放送するのかということ。その一方で高速道路の首都圏の混雑などは、サトウキビ畑しか周囲にはない農家にとっては、全く必要ない情報だという。それどころか、そんな光景はふだんは見たこともない。

そんなふうに次々と聞こえてくる現地の人の声を聞き分けるのがおもしろかった。そのアピールで行ったのだ。けれど取材人もみんなバラバラだった。

取材の二日目にはスタッフやタレントと合流。本格的な取材が始まった、面白かったのは鍾乳洞の撮影。細い穴の中をたてに三人ぐらいで入っていく。私はいつも大きな絵美さんのお尻を見ながら、ずーっと進んでいった。中には湖があったりして広い。とても神秘的な体験だった。

夜は中山助役宅へ。息子さんも加わっての大泡盛パーティ。これがサトウキビに囲まれた畑の真ん中にある、昔ながらのビロー樹で作った立派な家。だが、来年は壊す予定だという。古い家では息子に嫁が来ないからだとか。その悩みは、ずっとその後も続く首都圏とおなじだった。

ともあれ、すしをはじめ、その他、たくさんのごちそうが出た。外はひたすら一本道。対向車はいない。

そんなサトウキビの畑のど真ん中で一軒家を借りきったカラオケは迫力が違った。住民は当時は一六〇〇人あまり。だが今は平成二十二年の調査では一二九二人という。ところが、当時は五四五世帯ということだったが、今は六〇九世帯というから戸数は増えているのか。観光開発が進んでいるようなのだ。

ほぼ全員がサトウキビ農家だったが、けっこうな数の住人はいた。村長をはじめ、小中校長とのインタビューなど。主要な大東島の要人には何人にも会った。大池で船のシーンも撮影した。ところが島にはさしみはほとんどない。魚がとれないのだ。それどころか、港が作れない。船を係留しておく場所がない。今は立派な港ができたが、当時は無く、大きな船で荷物が運べなかった。

小中学校はあるが、高校はない。面白いのは例えば修学旅行。これはヒコーキで全員が那覇に行くという。そのほか話題いっぱいの不思議な南国体験でした。

谷口二郎

ハロー&グッドバイ

今年は戦後七十年になる。私が生まれたのは昭和二十四年だからもうすでに戦争は終わっていた。いわゆる「戦争を知らない」世代になる。私は八人兄弟の八番目。上から六番目までは戦争を経験した世代である。その中でも上四人の姉達は小学、中学生だったので克明に戦争というものを憶えているという。中でも昭和二十年五月十一日宮崎市内は空爆された。父の日記にはその時の様子がこう書いてある。

五月十一日㈮　くもり、小雨

午前中も早くから警戒警報ついで空襲警報になったが、別に何ともなかった。後でラジオによれば四国南端に集結して、六十機位阪神と北九州に来たものらしい。間もなく九時半ごろに解除となった。今度国民学校は午後一時から授業ということになったので真佐子（次女）、博子（三女）、礼子（四女）は昼過ぎに学校に出かけた。ところが二時すぎに警戒警報間もなく空襲警報となり、大慌てにて壕に待機せり。近くに爆弾落下音あり、機銃掃射音あり。外は雲にて機数などは不明なるも多数には非ざる模様なりき。しかし上空を旋回している様子であった。真理子（長女）は女学校からやがて走って帰って来たが付属の真佐子、博子、礼子は中々帰らず、といって迎えに行くのも危険故そのまま様子をみていたが、二時半頃〝カエッタ!!〟（実は〝ヤラレタ!!〟と叫んだとのこと）と壕の外で叫ぶ声がするので直ちに壕の外を開けるに、礼子は防空頭巾をかぶったまま顔中血だらけにてつっ立っており、真佐子と博子が傍にいて皆裸足で泥だらけになっていた。

直ちに礼子を防空壕に抱きいれ検する顔の血は傷にあらず、爆弾が江平池横の通り道の真中行く先のすぐ前に落ちて、女学生の死体の下敷きになったのを真佐子がひっぱり起した。（礼子が倒れて泣いているので足を引っ張ったらそれは死んだ女学生の足だったという）というから、多分その血ならんと考るに、頭巾をとり頭部を調べたる一寸位の長さで骨髄に達する裂傷あり。それよりの出血によるものの如し。又手首から先の方には小さな刺傷多数あり。木のささくれたようなものがつき刺さっていた。壕内で手当てをしたが上空にはなほ爆音あり。之で一家全滅かと心細き限りなりき。真佐子と博子は不思議に少しも傷なし。

子供達の語るのを聞けば実に危機一髪にて、今一歩で三人共死ぬところだったのだ。同級生殊に四年生には死者多数ある様子なり。

初め警報がよく聞こえなかったという。空襲警報となっても真佐子の組は少し授業があり。いよいよ姉妹三人で分団の人達と帰途につける江平池の角に達する頃敵機来襲。博子は防空頭巾を忘れていたため少し引き返し通りの道の民家の玄関に駆け込み伏し（その上に後から高等科の班長は爆風のため死亡）、真佐子は皆に伏せ！　伏せ！　と号令をかけ皆伏せたるも、礼子は一年生入学早々にて「伏せ！」の意味がよく分からず、帰路を小走りに行くのをうしろから真佐子が突き倒して伏せさせた途端にその道の行き先一〇メートルばかりの所に爆弾が落ち、女学校方面から帰りつつあった女学生も交えて殆ど直撃弾で多数の死亡者を出したもののようであった。しかし真佐子、礼子は余り至近弾で却って助かったものらしい。ゾッとするような話なり。

江平池、師範男子部及び女子部、高工など直撃弾が当たった。また清武の善勝が行方分からず、同期生で一緒だった子が死んだのでやられたのではないかと賀子があちらこちら駆け回っていたが無事だったようである。

※宮崎大学付属小学校の運動場の東南端にある通用門から南に一本の道が伸びている。その道を約二〇〇メートル南進すると、西から東に流れを運ぶ幅一メートルほどの用水路がぶつかる。用水路の上にはコンクリート製の板が渡してあるが、その石板の上に高さ一メートル足らず、幅三〇センチほどの自然石の供養碑が、水神様の小さな石碑と並んでひっそりと建っている。碑は南に向かって立っており、丁度ひなたぼっこしているような恰好である。

いとしの子の
供養碑　山下久子

自然石の表面に達筆でこう彫り込んであるこの供養碑は、この場所でわが子を亡くした母親の悲しみを秘めた供養碑である（今は付属小学校敷地内にある）。

※この日の空襲は『野辺日記』によると、

「宮崎市・駅附近、師範学校附近、宮田町、旭通り、県病院附近と都城市・川崎航空機工場」

ということである。私が体験した爆撃は宮田町から宮崎駅周辺にかけてのものであった。爆弾は私の家から東と東南の方角－直線距離にして最も近い所で一五〇～二〇〇メートルの地点で炸裂していた。五〇〇キロ爆弾ということで、私の家も東南に面した窓ガラスはことごとく割れ、足の置き場もないほど散乱していた。花殿町の両師範学校からかなり距離あるが県立宮中（現宮崎大宮高校）でも、

「昨日ノ空襲デ学校モ爆風ノタメ記念館、校舎ノ硝子障子ノ破損夥シ」

と横山伊勢男（宮中教諭）は十二日の日記に記している。

※急を聞いて子どもたちは急いで運動場を目指した。付属では空襲警報が発令になると、児童を運動場に集め、地区別に編成した班にまとめて帰していたと言われる。だからこの日も子供たちは運動場に集まった。ある遺族は「早く帰せ！　と叫ぶ子もいた」と語っている。この時、上空にはすでに爆音が轟き、宮崎駅周辺では爆弾が炸裂し始めていたと思われる。

児童・生徒を運動場に集めた学校の措置が遺族の忿満をかった。学校を非難するとい

ろんな噂もとんだ。ある遺族は「当時、県議会長の有馬さんが孫を亡くされ、大層憤慨されていました」と語り、池田喜儀は「この日の爆弾で姉妹を亡くされた遺族から随分恨まれたものです」と沈痛な面持で語っている。

男子付属の児童・生徒はB29の爆音を耳にしながら集団になって田圃道を急いだ。その子どもたちを目指すかのように爆弾が落下する。瞬発と時限の両方であった。最大の受難は江平池の西を南へ進んだ児童・生徒に振りかかった。爆弾瞬発二発、一発は供養碑のやや南寄りの路上で炸裂、いま一発はそこより北寄りの畑で爆音がした。

※日高の手記を紹介するが、日高は道路脇の溝に伏せて九死に一生を得ている。

「……突如、天地も引き裂かんばかりの大音響と共に、私自身は大きくゆすぶられて、溝の中に押しつけられた。爆弾は私の後方約一〇メートルのところ、道路の真中に炸裂したのであった。

しばらく私は失神していたらしい。気が付いてみると、私の身体は土砂の中に埋もれていた。顔の回りに空間があって窒息はまぬがれたが、土の重みで押しつぶれそうだった。両手を使って必死に道路に這い上がった。

まわりは静かだった。もう爆音も落下音も聞こえない。その代わりあたり一面に白いキナくさい硝煙が立ちこめて、その中に点々と横たわる級友の姿があった。膝頭がガクガクとふるえ、頭の中は真空状態である。何をして良いのか判らずに茫然としたまま立っていた。

ふと声がして我に返ると、私の横を一人の生徒が駆け抜けて行った。私もこの現場から一刻も早く立ち去りたかった。あとはただ無我夢中で、どうして自分の家に帰りついたのか記憶も定かでない。……」

この場所で炸裂した爆弾は二五〇キロ弾とも五〇〇キロ弾とも言われるが定かではない。でも、いずれにしても爆弾の破壊力は凄まじかった。学校帰りの道路で炸裂したもう一発の爆弾に遭遇した渡辺亀太郎（故人）は、「倒壊したバラックの下敷きになりながら、ケガひとつ負わず」家路につく。そこで渡辺が見た光景は地獄絵図さながらな無残な状況であった。

「家はマユの乾燥室が壊れ、工員の寮にしていた二階屋は柱が中途で折れ傾いていました。家に入ると、家内は顔から血を出している。工場にいてとっさに床に伏せたということで、大したケガではない。娘も生きている。ようやく余裕がでて、おとなりの西沢さんはどうしたろう、と思って訪ねると、西沢さんとこの杉垣はメチャクチャになっているが家は残っている。西沢さん一家は全員裏の方の壕の中に入っていて無事でした。でも、前の緒方さん宅はペシャンコになっていて、家の中から唸り声がするので覗いてみると、主人の吉蔵さんでした。両足の膝から下が皮一枚つながっているだけでブランブランとしている。奥さんは後頭部を半分剝がれて脳味噌はとびだし、息子さんは両足の大腿から下が吹っ飛び、共に死んでいる。それから親戚の小父さんがいたんですが、その人も喉に破片が突き刺さり死亡と一家四人全滅です。

付属の子どもたちはさらに無惨でした。道路を歩いて直撃弾を浴びたのですから肉体は四散したんですね。肉片が板壁にペタリと貼り付いている。西沢さんの家の屋根で猫が鳴くのでひょいと見ると、子どもの手があってじゃれている。そりゃひどいもんでした」

まさに悲惨につきる。七十年前は宮崎は戦場だったのだ。ちなみに宮崎市内での戦災死者数は百二十名余りにのぼる。その中には一家全員が一瞬に亡くなった家族もいる。ちなみに戦時中の父の日記は『戦争と人間』という本として鉱脈社から出版されている。

戸田淳子

桜の嫁入り

桜の嫁入り

大阪空港を発った飛行機は日本列島のほぼ真ん中、日本アルプスの上をひたすら北に向かい、やがて福島県の猪苗代湖が見える辺りで右に大きく向きを変えて太平洋に出た。海から仙台空港に入るようだ。

眼下には東北地方の長い海岸線が見えて、青い海から生まれた白い波がレースを引いて優しく岸に寄せている。

そのレースの行き着く辺り、陸と海の間に緑色の帯がスーッと一本。

まるでクレヨンで線を引いたように海岸線に沿って北から南に続いている。

何だろう？

飛行機が次第に高度を下げたら、その帯のところどころに松の木が二〜三本ずつ立っているのが見える。どうやらその帯は震災前には海沿いの道だったのではなかったろうか。

その帯の向こうは、家の土台だけが残る風景が広がっている。そこは町だったのだろう。

この東北への旅は、今から三年ほど前になろうか、新聞で読んだ「桜ライン３１１」の記事がずっと気になっていて、今日まで胸の中で温めていたものである。

その記事には、「都城の桜三千本を陸前高田市に寄贈」とあった。

ことの起こりは岩手県陸前高田の戸羽市長の「被災地に桜を植えたい」のひとことから始まった「桜プロジェクト」。

市長の気持ちを受けて一人の青年が立ち上がり、「陸前高田の津波到達点を結ぶ一七〇キロに一万七千本の桜を植えよう！」と全国に呼びかけた。

日本各地から賛同の声が挙がり都城でも「捧げる会」を立ち上げたら、たちまち三百万円余の募金があり、「ヤマザクラ・ソメイヨシノなどの苗木を11トントラックに積み、三月十一日の植樹日に間に合うように都城市役所を出発した」と記事にあった。

都城は土地柄、市内には多くの桜の名所がある。その都城の桜が遠く離れた北の町の春を彩るなんて何と嬉しいことだろう。
その記事を読んだ日から、海を望む陸前高田の町から村へと続く道に植えられた美しい桜並木への思いが日々募り、いつの日か必ず見に行こうと決めていた。

息子の仙台での勤務も五年目に入り、会社勤め故、次の異動で来年は仙台を離れるかも知れない。被災地はまだ復興半ばで、公の交通は未整備のようだ。移動手段は車に頼るしかない。また息子に頼むことにしよう。
桜ラインの話を伝えると、「その桜の話は知らないけれど、こちらに来て確かめたら。陸前高田には車で案内するよ」と言うのですぐに飛行機の予約をした。

今回の被災地訪問は二回目である。
前回は震災後十ヶ月目の小雪の舞う日であった。その日も今回と同じコースで被災地入りしたが、その時に見た衝撃は言葉にならない。

さて、東北自動車道の一ノ関から「復興道路」と呼ばれている国道四五号線に入り陸前高田に向かう。名前の通り工事車輛が多く、二台に一台は工事用の車だ。その車の多さに被災地の確かな復興のようすが想像できる。

すれ違うダンプカーの力強いエンジンの音や窓越しにちらりと見える若いドライバーの横顔にも東北の明るい未来が感じられ、頼もしく思えた。

道路の左右には薄紅色のねむの花が多く植えられていて、今を盛りにゆらゆらと美しい。

道が下りになりいよいよ陸前高田に入る。

もうすぐ桜の並木に会えると思ったら胸がドキドキした。

車の窓に顔をくっつけて左右に目を凝らす。

津波到達点ということなので山裾に沿っているのだろうか?

市内に入ったけれど道の左右にも、川べりにも並木らしきものは見つけられない。

青い海が一瞬見えていよいよ市内中心部だ。

すると突然盛り土でできた巨大な堤防に視界を遮られたのである。

その盛り土は海の方角に幾重にも連なっており、まるで黄色い山脈だ。

その山脈を摑むように銀色の光を放つ巨大なベルトコンベアーが四方に脚を広げている。

近くの山の中腹からはまた別のコンベアーが海に向かって伸び、山の土を海岸まで一気に運んでいるようである。

盛り土の高さも今は大小あるが、高いものは優に十メートルはあろうか。

その大小の盛り土の上にベルトコンベアーが縦横に脚を伸ばしている姿はアメンボのおばけのようでもあり、ＳＦ映画の中で見る長い脚でビルディングや橋を壊しながらノッシノッシと歩く巨大な怪物のようにも見えて、今自分の立っている場所が現実なのかと錯覚してしまいそうである。

これだけ巨きな装置を作るには建設費だけでも相当な金額だったろうと、車から降りアメンボの脚の根元に近づいてしみじみと天辺を見上げた。


あと数年もしたらこの盛り土の上に木が植わり、花が咲き、家も建ち見違えるような町になるのだろうけれど、今は見渡す限り土の町である。

桜並木を捜しに来たのだけれど、この土ばかりの中でどのように捜せばいいのだろう。藁の山に針を捜すようなものだ。

だれかに聞くしかない。

工事の邪魔にならないようにと土の山をぐるりと見渡したら、一本のベルトコンベアーの脚の向こうに仮設の売店らしき建物が見えた。

その土産物店の店員さんに桜の話をすると、「ア～桜ラインね」と言い、「今はまだ点です。

まだ整備できていない所が多いので、仮植えの苗も多いと聞いています。あと二〜三年もしたらしっかりとしたラインが完成して、花の季節はきれいだと思いますよ」という返事だった。

意気込んで東北入りしたのに……と少しガッカリしたが、店員さんの「二〜三年もしたらきれい」の言葉を信じて、その頃にまた来ようと自分を納得させた。

気持ちよく教えて下さった店員さんに礼を言った後、海の方をふり向いたら、中空のベルトコンベアーの向こうに保存処理された奇跡の一本松が見えた。

先程のアメンボおばけの驚きを胸に抱えたまま一時間ほど車に揺られた。

「まだ朝市をやっているはず」との息子の勧めで海岸線を南下する。

やがて広々とした空地に三十張ほどのテントと仮設の大きな建物が見える。遠目にも多くの人が行き交っているようだ。

人の流れに沿ってテント村に入ると通路まで新鮮な海のもの山のものが山積みされて、どの品も買いたいものばかりだ。

広場中央ではセリが行われており、活気のある声がとび交い次々に売れている様子。

ここは宮城県名取市閖上《ゆりあげ》地区。

先年の震災でほとんどの家屋は流失し、多くの方が津波の犠牲になられた。

今は毎週日曜日に海近くのこの広場で朝市を開設するまでになり、遠近からの買い物客でいつも賑わっているらしい。

広場の隅に腰を下ろしていると、「やあやあ」と言いながら一人の男性がやって来て、日焼けした顔をほころばせながら、「全部売れたよ」と息子に向かって言った。親しい間柄のようだ。

「母が宮崎から来ました」と紹介したら、また人なつこい笑顔を見せ、「何でも屋の櫻井です」と名刺を差し出された。名刺には「ゆりあげ港朝市共同組合代表」とある。

さっきまで広場でセリをしていた人だ。

「今ではセリもやりますし、頼まれれば全国どこへでも話をしに行っています」

「震災後初めて講演に伺ったのは宮崎農業高校でした。生徒の皆さんが熱心に聞いて下さいましてね」。そして、「宮崎のうどんはおいしいですね。地どりもおいしかった」とまた少年のような表情をされた。

突然出て来た宮崎の話題にこちらの気持ちが打ち解けたのを機に、この三～四年の間気になっていることを櫻井さんに詫びた。個人としては被災地のために何の手伝いもできていないと。

「いや今は一人でも多くの人がこの東北に来てお金を落として下さることが一番の復興支援なのです」

この櫻井さんは震災直後より全国からのボランティアの方々をまとめ行政との間に立ち、「ゆりあげ地区」の復興に尽力されていると聞く。見るからにエネルギッシュであり、また人間としての温かさを併せ持った方のようだ。

櫻井さんがいたからこそ、この閖上はここまで復興が進んだのだと息子は言う。


桜ラインを見たいと出かけて来た東北の旅だったが、思いがけない人との出会いがあり、東北の人の熱い心根にふれた。東北に親戚ができたような温かい心地がする。


あれこれの思いを胸に宮崎への帰途につく。

上昇を続ける機内から次第に遠ざかってゆく東北の長い海岸線に目を落とすと、今日も海は静かで岸に寄せる白いレースが美しい。

櫻井さんの言葉を思い出す。

「今回の震災のことは正確に記録し多くの人に知って貰い、後世に伝えるのが今の我々の責務です。そのためにはお声がかかれば全国どこへでも話しに行きます」

「次はどこで災害が起こるかわかりませんからね」

ほんとに明日のことなど誰にもわからない。だからこそ日々の命を覚悟しつつ、明日につながる楽しみをいつも持って生きていたいと改めて思った。


何年か後の花の季節には、全国から陸前高田に嫁入りした桜たちはどんな色のハーモニーを私達に見せてくれるのだろう。

飛行機がゆっくり高度を上げてゆく。

仙台の街が次第に遠ざかる。

この三日間に出会ったさまざまなことを思い出しながら、眼下に流れてゆく東北の山々をぼんやりと眺めていたら、山なみの向こうに夏の陽を浴びた猪苗代湖が見えた。

湖はキラキラと輝いていて、東北の明るい未来を感じさせるような美しさであった。

※文中のお名前はご本人の承諾をいただき実名に致しました。

中村 浩

芝の匂いが恋しくて

芝の匂いが恋しくて

その頃、私は世に言う「ゴルフ」なるものは嫌いだった。それも「大嫌い」だった。

昭和四十二年（一九六七）頃、当時の専務から税務署に提出する書類に代表者の自筆での署名が必要で、総務担当者の私に、社長の署名をとってくることを指示された。

月末で、折良く社長来宮の予定があり、その出社を待った。着宮後二日間は社長は出社せず、ゴルフのコンペに参加、電話で提出期限である三日後に、「必ず出社する」との返事が大阪本社からきていた。

その日、朝からのかなりの雨で、私は社長の出社を確信した。

「今日はゴルフには行かない！」

正午になり、午後一時になった。やはり出社がない。ふと疑問を覚えながら、青島ゴルフ場に電話で問い合せた。

「佐藤さんはさっきスタートされました」。

無情な電話の相手は、少し笑ったような声で、明るい声だった。

私は書類とサインペンを抱えて、青島ゴルフ場に車を走らせた。

雨だからゴルフはしないという素人判断の甘さ、雨であろうがゴルフの約束は果たすのがゴルファーのエチケットとは、その当時の私は知らなかった。

私はスターター室の前で待機した。そしてそこにずぶ濡れ姿の中年の男性四人があがってきた。

濡れたシャツは体に張りつき、脱いだ帽子の下で髪の毛は雨水をふくみ、前髪が額に張りついていた。ズボンも濡れた裾を靴下の中に入れた無惨な姿。宮崎に帰郷して三年、駆け出しのホテル屋の裏方にすぎない私の目に、はじめて目にする地元経済界の重鎮たちの姿を、私は仰天する思いでみつめた。

社長のその姿も初めてみる姿だった。

「社長！　サインをいただきに来ました」。

私はこのまま、ロッカー室に行かれてはと、苦虫を嚙みつぶしたように無言でにらむ顔を無視して、スターター室の裏にあった小机に手をとるように案内した。

佐藤棟良社長は達筆な人だった。

流れるようなペン捌きで、何枚かの書類にサインが終わると、無言で立ち上がり小さな声で、

「ご苦労さん……」

とつぶやくように声をかけて、ロッカー室に消えた。帰途、税務署に直行する車の中で、雨に濡れた四人のゴルファーの姿を思った。

私が旧制の中学生になった年（昭和二十年）の梅雨の頃、本土決戦を準備する日本陸軍は、私の村の泥道のなか、くろぐろと雨に濡れた砲車を、数人の兵が肩で綱を引き、後方をまた数人が砲車を押して、東の海岸へ向けて発進していった。夜までその砲車の列は何台も続いた。

その護路師団の中年の兵たちの姿は、その日のゴルファーの姿と重なっていた。

その頃から、私はゴルフ嫌いになっていたのだろうか。ゴルフ嫌いになった私は、意を決して社内に「総務部長通達」なるものを出した。数は少ないものの、社内にもゴルフ愛好者

がいることは耳にしていた。

「通達

ゴルフプレイに参加する当社関係者は、場所、日程、時間、帯同者名を総務部長席に届け出ること」。

総務部長

それを見た銀行出身の専務は激怒したという。直後、社長が来宮の折、「総務部長は生意気だ！」と憤然とその通達を社長に見せた。

しばし黙然《もくねん》とその通達なるものを見ていた社長は、用紙の裏もみたあと、「専務、ゴルフをするなとは言ってないし、届けてくれということですな。彼にしてみれば所在をはっきりしてくれということ。うちは日曜、祭日も営業しているんですからね……」。

とやわらかにその用紙を専務に返したという。私はその頃、三十四歳、生意気な、若いヒラの総務部長だったのだろう。

その後、数年してわが社はゴルフ場で名があがる会社になっていたが、そんなある日、毎日報告される宴会通知表を見ていて、ふと目が止まった。

「昭和経済研究会様」とあり、安い単価の地元宴会だった。宴会受付係に聞いた。要領を得ない返事で、課長にあとで来席することを指示した。組・右翼関係などなら、それ相応の対応が必要という気もあっての私の予感であった。後刻来席した課長は、苦しい表情で、

「実は……、河合課長のホールインワンのお祝いのパーティーです……」と白状した。

「ゴルフ禁止令のこともあり、表向きに出来ませんでした」。

その当時、私はゴルフプレイでのホールインワンというものが、ゴルファーにとってどんなものであるのかも知らなかった。

「河合東二郎」懐かしい名前だ。当時ホテル・フェニックスの企画宣伝課長だった。ビアガーデンからゴルフトーナメントまで、わが社の一切の企画宣伝を担当した。

そして後年、リゾート会社設立とともに、同社専務取締役となり、かの有名なる「オーシャンドーム」の担当役員となった男である。

私はこの時、私の出した僭越《せんえつ》な通達が、社内では「ゴルフ禁止令」としてみんなに受け取られていることを知った。

禁止とは言えないので、届け出ろ！　とは何だ！　届け出て許可までもらってやれるか、というのが、当時の河合課長たちの心中だったろうと思われる。

それから十余年後（昭和五十三年）、私は社長の特命をうけ、グループ全体の事業所を束ねる総支配人となっていた。

かのゴルフ通達の頃、百室余のホテルだけのフェニックスは、三つのホテルで六百室余、会議場のほかゴルフ場二ヶ所で63ホール、動物園、ボウリング場と合せて一千名の従業員を抱える企業に急成長していた。（昭和四十九年）

世はまさにゴルフブーム。ジャンボ尾崎、青木、中嶋の全盛期。ニクラウス、トム・ワトソン、バレステロスも来宮。その勇姿をテレビで全国放映し、ゴルフ客の宿泊を他館にも紹介し、地元のゴルフ会員がスタート出来ない不満を、どう解決するかが幹部にとって最大の重荷であった。

そうした繁忙の日々のなかで、私は主治医から「神経性胃腸症候群」と診断され、その主治医が社長に、私に運動をさせることを強く勧めてきた。

朝八時に出勤すると夜は深夜に及び、土曜日曜が多忙になる仕事なれば、当然のように休みはとれないことになる。その頃、私の体重は五十キログラムになっていた。

そんなある日、社長名で新品のゴルフバッグに収められた道具一式、その上にゴルフウェアー上下から靴までが揃って私に届いた。

社長は「当社の幹部は月に一、二回必ずゴルフをすること」と社長命令と称し、そのことを河合東二郎君を通じて私に命じてきた。

昭和五十四年（一九七九）の初夏のある日、営業課長の大橋賢之郎君は、穏やかに高原ゴルフ場に私を誘ってきた。彼の車に同乗し、刈干コース一番のティグランドで初めてクラブを振った。飛んでいったボールのことより、その日のコースの芝の匂いが、私には強く印象に残っている。

　爽やかな初夏の日の朝だった。打球は時々しか当たらず、球《たま》は曲がって谷の中に吸い込まれていった。大橋君がカウントしてくれて、朝からの九ホールで、74だと私に告げた。今、思いかえせば、すべて河合君の指図だったのだと思われる。

　その日から四年後、昭和五十八年頃になると社長が在宮の時は、夕刻からフェニックスゴルフ場でハーフラウンドの社長特訓を受けた。

「頭を上げるな」「球《たま》だけをみて打て」と毎日の特訓だった。その姿をみて河合東二郎君は自身のホールインワンと、そのお祝いのパーティーをおしゃかにされた意趣返しを、ほくそ笑いながら見守ったことだろう。

　私はその後、昭和六十年代からから平成にかけて、幸運にも三回のホールインワンを経験した。キャディさんと同伴の方には記念品を差しあげたが、祝いのパーティーはしなかった。会社の役員懇親ゴルフコンペで、ホールインワンをした時、河合東二郎君は全員の名でヒッコリー製の金色の特製パターを私に贈ってくれた。

この六月五日（平成二十七年）佐藤棟良社長は九十六歳の長寿をもって亡くなられた。事業崩壊後、私どもかつての役職員には面会を拒否され、ひとり静かに松林のみえる部屋で人生を全うされた。ゴルフが好きで、世界一のトーナメントにすると「夢」の好きな人だった。大河合東二郎君もドームの失敗後、役員を辞任し、その後神経を病んで自裁して果てた。大橋君も、よくプレーを共にした施設担当の門田公君も、病を得て若くして先年逝った（合掌）。

そして去る五月二十日（平成二十七年）、私は六十七キログラムの体重で八十三歳を迎えた。かつて資材部門を担当していた笹本和彦君は「ゴルフOB会」を主催し、高原ゴルフ場に毎月私を連れていってくれる。

主治医は歩けるあいだゴルフを続けることを勧告してくれる。かつての仕事の同志たちと、芝生の上での雑談、昼の食事でのみんなの笑顔の会話、その日の一万歩を超える歩行が私に自信を与え、体は芝の匂いのなかで弾んでいる。そして来月のOBコンペを楽しみに、老いの身に鞭《むち》を入れ、芝の匂いのなかに全身を浸したい。

野田一穂

伝承の途中で

伝承の途中で

「君達は昔ばなしの途中にいる。その後ろには僕がいて、その後ろには柳田國男先生や関敬吾先生がいらっしゃるんだよ。その事を忘れないで。そして君達の後に続く人達にちゃんと伝えてあげて」

小澤俊夫先生は、よく通る、そして変わらぬ優しいお声で昔ばなし大学二十周年記念講演「私たちは昔話伝承の途中にいる」を締めくくられた。六月といってもまだ肌寒い東北の地で、私は初めて「昔ばなし大学」を受講した十六年前の木城の秋を思い出していた。

木々が鮮やかに色づき始めている。夜になると漆黒の空に星がくっきりと輝く。虫の声だけが秋のしじまを破る。

木城町にある「木城えほんの郷」で第一期昔ばなし大学が開講されたのは、一九九九年十月のことだった。駅から直通のバスもない、くねくねと目の回るような山道を登って降りての向こう側、やっとたどりつく木城に、七十余名の受講生が集まった。

初回には遠く奄美大島から二日がかりでやってきた方々もいた。参加者の多くは子育てや介護の日々の中にあって、この二日間だけはと家族や友達に留守を頼んでやって来る。それぞれに時間をやりくりして集う学びの場。それだけに教室は静かな熱気に満ちていて、私語する声一つ、居眠りする人一人見当たらず、一心に小澤先生の声に耳を傾け、ノートを取るかすかな音が聞こえていた。学生時代を遠く離れて、学ぶことの楽しさ、学ぶ時間を得ることのありがたさが身に染みてわかっている受講生達の、そこに居ることのできる喜びが溢れていた。

私自身も中学生の双子の娘達を学校に送り出した後、二日分の食事を作りおきし、細かいメモを残して出かけて行ったものだった。講座は土日にかけて設定されていたので、年に二回週末泊りがけで出かけて行くことに文句ひとつ言わずに協力してくれた主人にも娘達にも感謝している。半年ごとに顔を合わせると、「また今回も何とか出て来れました」という言葉が挨拶代わりにあちらこちらで交わされていた。参加者それぞれが背負った日常をひととき忘れて学生に戻る非日常の時間の記憶は、私だけではなく受講生皆の中に結晶して輝き続けていると思う。

ドイツ文学者であり、世界的にも著名な昔話研究者である小澤俊夫先生は、昔話を語られ聞かれるための「口承文学」と位置づけ、長い長い時を幾世代にもわたって語り伝えられて来た人類共通の知的財産だと考えていらっしゃる。生活様式の変化に伴う核家族化や地域の記憶の分断でこの貴重な財産が失われることを危惧し、それらを正しく伝え保護していくために一九九二年昔ばなし大学を立ち上げられた。以来昔ばなしの成り立ち・法則・語り口などを年二回各二日間六コマの密度の濃い講義で三年間学ぶ。基礎コース、再話コース、再話研究会と続く学びの場は、北は北海道から南は沖縄までほとんどの県を網羅し、開催場所は九十五箇所以上、受講生は現在千余人を超える。一つの県に一度だけではなく、また数年後に同じ講座を開催して、若い語り手達に知識を手渡して来た。

昔話とは何だろう。近年昔話は残酷だという批判があり、子ども達に届けられるおはなしとしてはいささか旗色が悪い。残酷という理由で読まれなくなったり、結末を変えて絵本になっているものもたくさんある。それは昔話が残酷であるかどうかというより、昔話が「聞かれなくなった」からであると思う。昔話はまだ字を読んだり書いたりということが一般的ではなく、本を読むということが限られた層の娯楽であった時代よりも、さらにはるかに前から語られ聞かれて伝えられてきた。そこに「聞かれるための文学」としての文法や法則ができる。そして昔話を昔話たらしめているのが「語り口」である。

「むかしむかし、あるところにおじいさんとおばあさんが……」。耳で聞くおはなしは一本道、一直線で、後戻りはできない。物語とは違い主人公や脇役の心情はほとんど描かれず、多くは名前すらないし、場所も時代も特定されていない（不特定性）。はっきりした色や形で表され、すべては平面的で、登場するものは人も動物も紙人形的だ（平面性）。そのため、「うまかたやまんば」のように、やまんばに追いかけられた馬方が、馬の足を一本切って投げて逃げる場面なども、紙人形の足を切るようで、肉を裂き骨を折りというリアルな流血の描写はない。

また子ども達に語る時には、子どもの命を脅かすものは徹底的に殲滅しなければならない。一旦は改心した悪者がまたいつ襲ってくるかもしれないという不安を子ども達に抱かせないように、徹底的に排除される。けれどもここにも細かな描写はない。これは「昔話は残酷を残虐に語らない」という法則だが、これが文章や絵で、そして小説的技法で表現されると残酷は残虐に語られてしまうのである。

また昔話が好む数字もある。三や七や十二。昔話にはよく三人兄弟や姉妹が出て来るし、七人のこびとや十二羽のカラスなど、いくつか昔話を読めばたやすくこの数字をみつけることができる。こうした法則は洋の東西を問わない。スイスの研究者、マックス・リュティがこの法則を見つけ、分析・分類して『ヨーロッパの昔話――その形式と本質』という本にまとめた。

小澤先生はこの本を翻訳し、リュティ理論を広く紹介した。さらに独自の日本の昔話研究を重ねたものを付け加えて出されたのが『昔話の語法』である。昔話大学ではこれが基本テキストとして講座が展開される。

宮崎では第二回目の昔話大学が二〇〇九年に開講された。親を看取り、子育ても一段落ついて新しい人生のステージに入っていた私には、もう一度昔ばなし大学を受講できる機会が巡ってきたことが、何かの贈物のように思えた。一度目の受講では、基本テキストとなっている「昔話の話法」の法則について行くのが精いっぱいで、まだ持ち話が十にも満たない経験の浅い語り手であったため、なかなか摑めない部分が多々あった。十余年を経て、それなりの経験とおはなしの起こす魔法のような光景を目にしてきて、改めて受ける講座は知識としてだけでなく自分の体感に直接響き、腑に落ちた。

おはなしの場では時折小さな奇跡のような出来事が起こる。呪いをかけられて穴のあいた靴下を履かされることになる王女様が靴下を脱いだ後、足跡に金貨が残るおはなしの後そっと足を触ってみる子どもがいたり、人食いの大男の宝物を盗みに忍び込み手にした瞬間に、大男にその手を掴まれる場面で思わず自分の手を引っ込める子どもがいたり。私が初めておはなしというものを聞いた時は語り手とそれを聞く子ども達の間に見えない糸がピンと張られていた。そうしたことを経験すると語り手もまた魔法をかけられる。語る喜びにからめとられてしまう。そしてこの魔法はなかなか解けることがない。

おはなしを聞く、耳を傾ける、ということが年々少なくなってきている。ひところdog yearという言葉がよく聞かれたが、やがてcat yearと言われるようになった。世の中はあまりにもめまぐるしく、大きい声が早口で語ること、刺激的な映像だけが注意を集めてしまう。待つことを厭う風潮は、すぐに答えの出るものにしか興味を示さない。

初めからあまりにも多くの情報が与えられすぎている今の子ども達は気の毒に思えることもある。何もない空間に言葉が作る世界を見ている、おはなしに入り込んでいる時の子ども達の表情を見ると、おはなしの力、声の力というものを改めて感じる。

昔話が語っているのは、子どもの育ちだとも小澤先生は言われる。三年寝太郎は三年寝ていたからいい知恵が出た。子どもはいつまでも寝ていない、そのうちに自分で起きて歩き出す。あるいは一番末っ子の一番弱い、皆から馬鹿にされているような者が、優しい気持ちの報いに知恵を授けられ幸せを手にする。親が子に、子が孫に、昔話に託して送るエールでもある。

二〇一二年六月二十四日・二十五日、二十周年記念事業は、東日本大震災の被害を受けた東北を少しでも元気づけたいという思いから秋田県仙北市で開かれた。東北は昔話の宝庫であり、先生の愛する場所でもある。記念講演の中で、小澤先生は昔話伝承への熱い思いと、民俗学の巨人柳田國男と関敬吾との思い出を語られた。若き日にこの二人の巨人から託された思いはこうして日本中に手渡され続けている。

交流会の会場は廃校になった小学校を地域の力で大切に保存している「思い出の潟分校」だった。テントを張り、東北の名物料理を数百名の地域の人々が作り、笑顔でもてなしてくれた。暮れてくればこの季節でもまだ寒い北国で、全国から集まった六百余名の昔ばなしの担い手達が、和気藹々と談笑し、興に乗れば温かいおもてなしで迎えて下さった地域の方達も交えてそれぞれのお国言葉で昔ばなしを語った。

記念行事として全国からの語り手五十名ほどが土地の昔話を語る試みもあった。北から南へという配列で、変化して行く日本語の響きの美しさ、豊かさ、土地言葉特有の暖かさを存分に味わった。私達はこれほど豊かな言葉に恵まれているのだ。

「昔話を読んでやって下さい」

長年読み聞かせに行っている保育園の先生からこうしたご依頼を受けた。園児の親の世代にも昔話を知らない人達が多くなってきているのだという。「ももたろう」も「うらしまたろう」も聞いたことがなければ、子ども達はテレビで流れているパロディを本当の話として記憶していくかもしれない。「白雪姫」も「ラプンツェル」もディズニーのアニメが本当のお話だと思うことだろう。生きる知恵のつまった、生きる力を伝える、昔話の豊かさを知らずに育っていくのはもったいない気がする。

「昔話はどこにありますか」と小澤先生は講座の最初に問われる。

「昔話は語られる時間の中にあります」

伝承の途中にいる者の一人として、その「語られる時間」を大切に手渡していきたい。

福田　稔

卒業写真

六歳で小学校に入学した私は、二十九歳で初めて就職するまでずっと学校で学んでいた。それなのに、私には卒業写真を撮ったという記憶がほとんどない。

もちろん、小学校や中学校の卒業式の集合写真くらいは探せば出て来るかもしれない。ところが、高校の辺りからは撮影した記憶がない。手軽にスマホやデジカメで写真が撮れる今では信じられないことだろう。

高校の卒業式はとても寒い日だった。式が終わると直ぐに、保証人になって頂いていた遠縁の書店に母と挨拶に伺った。級友とゆっくり語り合いながら写真撮影という時間はなかった。

大学の卒業式のときは悲惨だった。学科の卒業パーティーでちゃんとした卒業写真を撮ってもらえると期待していた。でも、私がトイレに行っている間に、記念の集合写真が撮られていた。撮影が終わったところに現れた私を見て、酔いが回った級友たちは大笑いだった。撮り直すという雰囲気ではなかった。

幸いなことに、高校も大学も卒業アルバムはある。これが唯一の救いだ。

そんなことがあったので、神戸の大学院で修士課程を終えたときの卒業パーティーでは、たくさんの写真を撮りたいと思った。そこで、一学年後輩のK君に撮影を頼むことにした。K君は私と同い年で、アメリカ文学を専攻していた。学問として文学を研究しているというより、文学が好きだから大学院へ進学したという印象を私は受けていた。というのも、彼はお気に入りの詩を色紙に書いて、額に入れて部屋に飾っていたからだ。

K君が一眼レフのカメラを持っていることを思い出し、彼に卒業パーティーでの撮影を頼んだ。快諾してくれた。昭和六十一年（一九八六年）三月のことだった。

パーティーは大学生協の二階で開かれた。大学院の先生と同級生、先輩後輩が集い、楽しい雰囲気の中で過ごすことができた。私は参加者一人一人と並んで記念撮影をした。今まで作ることのなかった卒業写真専用のアルバムが間もなくできる。自分の宝物の一つになる。そう楽しみにしていた。

パーティーが終わって数日が過ぎた頃、K君から電話があった。話したいことがあると言う。嫌な予感がした。結局、摂津本山駅の直ぐ近くの茶店で会うことになった。

そこは煉瓦造りの小さな洋館という感じの茶店で、奥の席が私のお気に入りである。店に入るとK君が先に来て私を待っていた。

「実は……フィルムが……入ってなかったんです」

一瞬私は何を言われているのか分からなかった。

「すみません……」

ああ、そうだったのか。卒業パーティーで撮影していた時、あの一眼レフのカメラにはフィルムが入っていなかったのである。

今のデジタルカメラなら、撮影しながら写り具合を確認できるが、当時のカメラは撮影を始めると途中でフィルムが入っているか確認することはできなかった。カメラのカバーを開けると光が入ってフィルムを台無しにするからだ。

元々、ボソボソと単語をつなぎ合わせるような話し方をするK君であったが、このときは、さらに言葉が途切れ途切れという感じだった。緊張のあまり、彼は強ばっていたのだ。

私は大いに落胆した。ショックだった。そして、強ばったK君の態度が私に対して妙にクールでいるように感じてしまった。

「頼まれて写真を撮るんだから、撮影前にフィルムの確認くらいすべきだったんじゃないか」と彼の失態を何度も詰《なじ》った。

でも、無い物は無い。どうしようもないと感じて、私は「仕方ない」と言って、K君と茶店の前で別れた。

その後、カメラにフィルムが入っていなかったことを先輩に話すと、「K君だって、深く反省しているよ」と諭された。しばらくすると私の心は落ち着いた。

そして四月、私は博士課程の一年生になり、K君は修士課程二年生になった。その前年に、大学院の卒業生から成る学会が設立されたのだが、その事務作業を他の院生とすることがあった。その中にK君もいた。

博士課程の三年目に私はアメリカの大学院へ留学し、一年数ヵ月後に（韓国での学会発表のために卒業式に出ずに）帰国した。間もなくすると私にK君から連絡があった。留学について話を聞きたいと言う。そして、例の茶店で会うことになった。

早めに店に着いたので、今度は私が彼を待った。しばらくすると彼が現れた。久しぶりに会うK君は以前と少しも変わっていなかった。専門分野が違う私たちには共通の話題が少なかったが、そこへ留学という話題ができた。このとき一番話が弾んだように思う。それが切っかけになったのか定かでないが、彼も留学をすることになった。

二十九歳になった私は大阪の私立大学に（初めて）就職して教え始めた。やがて留学しているK君から手紙が届いた（日本では漸くEメールが普及し始めた頃だった）。それにはK君の悩みが認《したた》められていた。

文学をより深く研究するためにアメリカへ留学したのだが、関心が他の方に向き始めたというのである。それはスポーツ選手の生き方といったものだった。私は驚いた。「スポーツ」という文字が、文学青年のK君に最も似合わない言葉のように感じたからだ。

一つの道を極めようとする研究者が多いのは事実だが、研究者が専門分野を変えることも決して珍しくない。一つの道を進むか、途中で変えるかという違いはあるが、結局は、関心のあることを徹底的に追究するという姿勢は同じだ。だから、これと感じた道を進んで良いのではないか。そう返事を書いた。

K君は帰国後数年して、アフリカ系アメリカ人の野球選手の翻訳を出版した。これだと感じた道を進み始めたのである。間もなく、彼の翻訳を参考にしたテレビ番組が放送された。翻訳は原作との出会いが重要である。K君は素晴らしい原作を見つけ出す、高い眼識を持っていると感じた。

その出版を祝って、大学院の友人十人ほどが集まって、西宮市苦楽園のレストランでパーティーを開いた。私以外は全て文学の専門家たちだった。

その頃、K君は体調を崩して、実家へ戻っていた。それでも、彼は自分の道を進んでいた。最初の翻訳から四年後に、今度はアフリカ系アメリカ人のボクサーの翻訳を出した。翻訳と言っても、解説や参考文献も充実しており、研究書という感のある仕上がりになっていた。

帰郷した彼とは賀状のやり取りは続けていた。ある年の彼からの賀状に、「最近は俳句をやってます」と書いてあった。アメリカ文学から、スポーツへ。そして俳句。スポーツと俳句と言えば、正岡子規の名が頭に浮かぶが、K君はどことなく子規に似ている。

昨年の六月に、私は大学院の卒業生で作る学会の次期会長になることが決まった。かつてK君と一緒に仕事をしていた学会である。そこで今年の賀状には会長に就く予定であることを印刷した。さらにK君には手書きで、久しぶりに学会に参加して欲しいということを書いた。だが、彼からは賀状が来なかった。

今年の二月には、学会設立三十周年を記念して、学会の研究誌にエッセーも載せることになった。私は何を書こうかと学生時代を思い出した。取りあえず、緊張しながら大学院入試を受けたことから順に思い出してみた。すると、次から次へと数珠つなぎのように、いろんなことを思い出すことができるではないか。それはセピア色の古めかしい写真ではなかった。

色鮮やかな動画を見ているように頭に浮かぶのだった。まるで数ヵ月前の出来事のような気がした。そう。あの時、例の茶店で写真が撮れてないと言って、彼を詰る必要などなかったのだ。

そして、あの卒業パーティーを思い起こすとき、私は大切なことに気づいた。私がパーティーで最も繰り返し見たのは、あの一眼レフカメラを構えているK君の姿だった。

今年の学会の開催日が決まったら、彼に参加するよう再度催促の手紙を書こう。そして、「カメラ事件」を笑い話として語り合いながら飲み明かそう。そう考えていた。

三月に学会の日程を決めるために役員会が神戸で開かれた。私は副会長として、また、四月からの会長予定者として出席した。そこで、K君が亡くなっていたことを知らされた。彼から賀状が来なかったのはそのためだった。

例年六月の梅雨の時期に開かれる学会だったが、今年は梅雨明けの七月に開かれた。役員会、総会、研究発表会、ワークショップ開催、講演会、懇親会というスケジュールであった。私は会長としてのデビューを果たした。

全ての仕事を終え、酔って駅のホームに立っていると、沿線に建つ例の茶店が微かに見えた。既に営業時間は終わり、店の辺りは闇に包まれている。最後に行ったのは数年前か。私は電車に揺られながら、次の日、宮崎に帰る前に立ち寄ってみようかと思った。でも、そこには私を待つ人はいない。私に会いに来る人もいない。しばらく逡巡《しゅんじゅん》して、結局行かないことにした。その代わりに私は心の中の卒業アルバムを開いて、三十年前の茶店を訪れた。そして、あの席で交わしたK君との会話を思い出した。

丸山康幸

二〇〇三年〜二〇〇五年

二〇〇三年〜二〇〇五年

「丸山産業活性化雇用推進局長！」

宮川議長が私を声高らかに指名する。

「丸山っ、肩書きが長すぎるぞ。答弁は短くしろよ」

自民党会派の県会議員からの野次だ。どっと笑い声が起きる。

私は新年度の予算を決める長野県議会に行政側幹部の一員として朝九時からずっと議場に座っている。初めての経験だ。もう夕方の五時だ。私はつい一月前までアメリカの多国籍企業と雇用契約を結び、倒産した保険会社を再建する仕事をしていた。

いつかはボランティアとしてではなく「公に奉仕する」仕事をしてみたいと考えてはいたが、偶然次の転職先が長野県庁になった。「民間出身」の任期付き行政職員と呼ばれ、任期は最長で四年。信州の二月は屋内でも凍るような寒さだ。私は厚手の膝掛けを持参している。

行政側幹部とは知事を筆頭に副知事や部局長級と呼ばれる幹部二十五人ほどを指す。行政側は田中康夫知事が最前列右端に座り、副知事、出納長、続いて総務部長、土木部長、農政部長と重要なポスト順に座席が決まっている。この席順は「権勢順」とも呼ばれる。私は最後列の一番右から五番目、つまり二十五人のうち上から数えて二十一番目の「権勢」を有することになる。私の「下には」行政改革室長、危機管理室長などが並ぶ。この中には国、つまり「霞が関」から出向している官僚が二人いる。

議会は自民党系、民主連合系等殆どの議員が田中知事と真っ向から対立しているため、野次と怒号が絶え間ない。議会では野次は「不規則発言」と呼ばれ、驚いたことに余程のことがない限り進行役の宮川議長も咎めない。時折「静粛に」と諭すように言うだけだ。

その情景は企業のミーティングとは余りにも違い私には妙に新鮮だった。行政側がなるべく尻尾を掴まれないように抽象的な答弁を長々と繰り返す間に、議員席のあちこちから「やめろ」「嘘つき」、時には「人格破壊者」などという強烈な野次が飛ぶ。その喧騒の様は何処かの村祭りのようだ。

選挙の洗礼を受けて県民から選ばれた県会議員は、野次を「民意」を表現する一法と正当化しているのかもしれない。一方、行政側の代表である私たちには、野次は勿論のこと、議員の質問の意味を壇上で尋ねる権利もない。議員に対して、「質問があやふやで意味不明なので答えられません。趣旨をもう一度分かりやすく説明してください」などと逆質問はできないのだ。ともかく質問には議員の意図を忖度してなんとか答えるしかない。サッカーに喩えるなら、議員はオフェンスだけ、行政側はディフェンス専門の試合をしているようなものだ。シュートが変則的にあちこちから飛んでくるので行政側はともかく得点を防ぐのに懸命だ。行政側としては0対0が最高の試合結果となる。

議場では答弁を始める前に必ず議長に恭しく一礼し、壇上で再び議員達に一礼するのがルールだ。答弁終了後も同じように議員席と議長に二度お辞儀をして席に帰る。つまり往復で四回お辞儀をすることになる。質問と答弁のたびに議員と答弁者はいちいち自席に戻る。ゆっくりと戻る。まるで能楽の所作のようだ。当時は私のように「民間企業」から県庁の部長級のポジションに転職した前例はなかった。前日議場でお辞儀のリハーサルをさせられた。きっと部下は議場で粗相をしそうな「民間出身」の私を心配してくれたのだ。

「丸山局長、脱ダム宣言の悪影響で投資的経費が本当初予算では激減しています。特に下伊那地区ではそのため生活困窮の方々が増加しており、失業率も危機的レベルです。局長はこのような事態は把握されていますよね。そこで雇用政策の責任者たる局長の決意を聞きたい。下伊那地域に特別の配慮をした投資的経費を行いますか」。下伊那選出の瀬島議員の質問だ。当然「投資」と「経費」の意味は分かるが「投資的経費」という言葉を聞くのは初めてだ。皆目見当がつかない。左に座っている副出納帳の大林さんに、「投資的経費ってどういう意味？」と尋ねると、「ごめん、質問を全然聞いてなかった」。急いで右隣の二木行政改革室長を振り向くと、視線を腿に落として隠れるように携帯メールを打っている。「どうしよう」。「投資的経費」の意味がわからなくては答弁のしようがない。

すると「丸山産業活性化雇用推進局長！」と議長から督促の声がかかった。「丸山、早くしろよ」と怒鳴り声が議員席から出る。

「迷った時には常に積極的な方を選べ」、「お前は遊びが足んないんだよ」。子供の頃から兄達にそう言い含められてきた私は、「下伊那地区に配慮した投資的経費の予算措置を検討します」とはっきりと答えた。「バカっ、できるわけないだろ。お前なんか早く東京に帰れ」と最前列の垣外議員が絶妙のタイミングで叫ぶ。私は思わず垣外議員を壇上からじっと睨んだ。それから二度お辞儀をして席に戻った。

翌朝の信濃毎日新聞に、「民間出身の丸山局長は初答弁で下伊那地域には公共事業配分で特別に配慮すると答えた。脱ダム宣言に反対している瀬島議員が一本取った形になった」という記事が掲載された。実は、「投資的経費」は「公共事業」と同義語だったのだ。私は記者クラブのインタビューで初答弁の所感を尋ねられたので、「野次には驚いた。特に垣外議員は野次ってばかりいないで男らしく一対一で議論し勝負してみろ」と話したが、記事にはならなかった。逆に翌日宮川県会議長に呼ばれて、「議場での野次には過剰に反応しないように」と注意された。

議会の期間中に「総務委員会」「農政委員会」「林務委員会」などの分野別の会議が開かれる。六十三名の県会議員は必ずどれかの委員会の委員になる。私は「商工委員会」に商工部長の井上さんと出席した。議員は自民党系二名、民主連合系、無所属、共産党の計五名。産業政策や雇用状況について思いついた質問を、私たちに順不同でぶつけてくる。

「長野県の製造業が中国にどんどん工場を移転している。その為に失業者が増える一方だ。即刻海外移転を中止させるべきだ。丸山局長の見識を問いたい」。そう共産党の女性議員に追及される。「日本は自由主義経済であり企業は合法な限り何をしようと自由です。中国には低賃金労働者を求めて多くの県内企業が製造拠点を移していますがそれを私が止めることは不可能です」。自民党系の源内議員からは、「丸山、お前が来てから有効求人倍率が下がり続けている。何も出来ていないじゃないか。どうするんだ」と叱責に似た質問を受ける。「それでは源内議員は地元でどのような雇用改善のプログラムを提案されてるのですか」と逆に聞く。委員会では本会議とは違い行政側も自由に質問ができるのだ。

実は前夜、会費制で行われた「商工委員会」の議員五名との懇親会で、源内議員は私にお酌しながら、「丸山、お前の答弁は率直で分かりやすくて評判がよろしい。役人を辞めて是非次の県議会選挙に出ろ。応援してやる」。更に片手を大きく広げて、「五本用意してやる」と私の手を何度も握り励ましてくれたのだ。「五本」とは五億円ではなく五千万円の事らしい。それなのに翌朝の委員会で何故手のひらを返したように豹変したのだろう。

委員会終了後に源内議員が近づいてきて、「局長、すまん。さっきの質問は、テレビが入っていたのでついきつくなった」と笑顔で言い訳をする。その表情は子供の頃蜜柑や駄菓子を呉れた近所のおじいさんのように無邪気だった。

赴任当初は土日でもよく県庁に行って、戸隠山の様に積みあがった書類や資料を読んだ。ある日、コピー機械が六台も置いてある部屋の廊下に、入庁したばかりの若い職員が列をなしているのに気がついた。「休みなのに何してるの」と聞くと、「新聞記事をコピーしてます。土曜日曜版はどの新聞も特集記事などで分厚いので、月曜日の朝では間に合わないのです」。当時の長野県庁は課長以上には、県庁や行政に関係する記事のコピーが配られる習慣があった。県費で主要な全国紙と地方紙を二十紙近く購読していた。課長以上は数百人に上るので、県庁全体では膨大な数の新聞記事が毎日コピーされ配布されている。ところがそれを読んでいる役職者は殆どいない。

「他に何か意見がある人いますか」。田中知事の声が静まり返った部長会議に響く。私は早速、「新聞記事のコピーは止めるべきだ。休日に若い職員がコピーのために出勤しているなんて馬鹿げてる。新聞が読みたければ自分で勝手に読めばいい」と発言した。すると霞が関の消防庁から出向している毬栗頭の三谷危機管理室長が、「丸山局長は私たちに新聞を読むのを強制するつもりですか」と挑戦的な口調で反論した。呆れた私は、「情報は自分で取りに行くもので、読まなければ自然に役人として競争力がなくなっていくだけのこと。コピーの為に休日出勤手当を払うのは税金の無駄遣い。それに新聞記事を大量にコピーして配布するのは著作権侵害の疑いがある」と言い放った。他の部長たちは沈黙している。「それではコピーの件は其々の部長の判断に任せましょう」と田中知事が締めくくった。

しかし直後の記者会見で田中知事が、「先ほどの部長会議で丸山局長から提案があり、今後は庁内での新聞の記事コピー配布を取り止めることにしました。必要な部数だけ購入を増やします。新聞社の皆さん、よかったですね」と発表した。私はコピー係だった職員にお礼を言われたので、「コピーを中止するために長野県庁に来たわけではないよ」と返答した。

長野県庁では不思議なことを数え切れないくらい経験した。昼の弁当を掻き込んだ後、歯を磨きながらスリッパ姿で戻って来て、机に突っ伏して熟睡する職員たち。「丸山、明日の議会で俺が質問する雇用関係の質問を何でもいいから考えて、ついでにお前の答えも書いてきてくれ」と依頼してきた県会議員。議会中に漫画をこっそり読んでいるのをテレビカメラに映されてしまった議員。厚生労働省の雇用対策の担当課長が、自分たちが作成し、各県にその実施を下請けさせているプログラムの数を全く知らなかったこと。税金を配分しているだけなのに、「補助金を交付する」と言い換えてしまう論理。役人の不祥事があると、「エリート官僚が」と、「エリート」という言葉を完全に取り違えて使い続けるマスメディア。

議員と行政職員とメディアはお互いを牽制し合いながらも実際はもたれ合っていて、一種の「政治・行政・メディア業界」を形成しているのだ。長野県庁が支出する年間予算額は約八五〇〇億円と巨額だ。でも予算書は分厚く特殊な業界用語だらけなので一般の人ではまず読みこなせない。お金の出処は全て国民から徴収した税金か借金だ。納税者は選挙で議員を選び、彼らを通じて使い途に間接的に口を挟もうとする。だが実質的に使い途はこの業界に属する三者が決めている。この業界の不思議なルールや行動様式は、きっと日本中で昔から脈々と受け継がれ、今もあちこちで予算の編成時に作動しているのだと思う。

私は二年間で「業界」を卒業して、宮崎県のリゾートを経営再建する「民間」の仕事に戻った。

宮崎良子

バブルの証明

バブルの証明

夜陰に乗じて十数人の仲間と、鉄条網に囲まれた局社に潜入する。ガードマンの警護付のバス、窓は遮蔽され外を窺い知ることはできない。無言の行動に意識が集中する。

ひと月振りの社内には、あれ以来泊まり込みらしい管理職の面々が居た。私達は固い表情のまま、誰かの指示に従っていたと思う。取り敢えず用意されていた寝具に就いたが、一睡もできぬまま夜が明けた。

朝日に光る鉄条網の外側では、我々の行動を知った仲間達が怒りの声を上げている。昨日まで一緒に笑い語り合った親しい顔がある。だがこの瞬間から、敵対関係になってしまったことを自覚せねばなるまい。

昭和四十五年十二月一日、宮崎放送ロックアウト決行。これは、それからおよそ一と月後、労働組合が分裂した夜のことである。

ロックアウト（職場閉鎖）の通告を受けた十二月一日、その日の朝はとても寒かった。組合員は為す術も無く、全員社外に締め出された。前日の怒号飛び交う労使交渉は決裂、翌朝社員はいつも通り出勤して来た。が、会社の様相は一変していた。当時下北方町の、新築まもないカラー放送会館を含めた局社には、警備員（当時の通称ガードマン）が立ち並び、物々しい厳戒態勢が敷かれていた。

年末交渉の席上、ストライキで遠巻きにした全組合員衆目の中、長時間吊し上げ状態にされた社長は、トイレを理由に会場を逃れ、そのまま行方を晦ましたとされ（組合員にはそう伝わってきた）、その夜ロックアウトは決行された。

太閤秀吉の一夜城ではないが、会社は一夜にしてこの有刺鉄線を張り廻らした。日に日にエスカレートする争議の対抗手段として、周到に準備していたと思われる。

テレビ開局前年入社の私は、その時十一年目。時代は経済立国への真っ只中にあり、所得倍増を背景に主立った労組は、各所で活発にデモやストライキを繰り返していた。

当初私は流れのままに従っていたが、やがて活動が日増しに激化するのに不信感が募り、時折反論をぶつけてみたが、しっかり理論武装のできている執行部には歯が立たない。打倒！資本主義・アメリカ帝国主義、ベトナム戦争反対！等、政党色の濃いスローガンが声高になるなかで、主義主張の違いを感じ組合に距離を置き始めた時、にっちもさっちもいかなくなった会社も遂に強硬手段に出た。

結果、裁判闘争で和解が成立し、全組合員が職場復帰するまでに優に八か月を要した。その間会社は最少の人員で電波を出し続け、組合員は無給の生活を強いられた。開局から十六年、未だ民間放送一局の頃である。


社屋と別棟に卓球場と称する建物があり、その部分はバリケードを免れたので、組合はそこを拠点として、アルバイト等で糊口を凌ぎながら戦った。ロックアウト直後から、中央から強力なオルグが送られて来て采配を振った。外部からの彼らは、組織を割らないという鉄則を盾に、当事者の思惑を超えて、確固たる信念のもと組織の強化を図った。

イデオロギー支配に選択肢は無い。だから離脱を望む者は極秘裡に同志を募り、一気に行動を起こさなければ成就しない。意志確認のできぬうちに、新党結成の画策をしていると目された二人が発覚し、内一人が首謀者として、全組合員の前で凄絶な吊し上げにあった。

裏切り者として発言の全ては完膚なきまでに叩き潰され、立ちっ放しのまま終日、責め苛まれ続けた。独善で、排他的論法にどうにも申し開きができず、彼は遂に黙して、耐え難い長い一日を立ち通した。

「まるで人民裁判だ」周りでコソコソ囁かれるが、造反者と見なされるのを恐れ誰も発言できない。そんな恐怖の中、たった一人反論した者がいる。私である。深慮なく、オルグの目的も知らぬ故できた行動だが、最後に叫んだ言葉だけを覚えている。

「私はこんな組合、たった今脱退したい！」

しかし誰一人追随する者も援護する者もいない。

孤立者を主謀者一人に止《とど》めたまま、会場は何一つ変わることなく日没となり、執行部はこの反応をもって、これで離脱者は出ないと読んだのか、やっと二人を解放し散会となる。

脱退はその夜のこと。早計とも思える不備な状況だが、発覚した以上今をおいて次のチャンスは無い。総数の一割にも満たない僅かな同志で真夜中の決行となった。残った者に翌日から強烈な締め付けがあったことは相像に難くない。

この我々第一陣の行動が次の行動を阻み、その後集団での離脱者は出なかった。団結を旗印の封じ込め作戦は見事効を奏したか。妥協のない主義の違いは、決別しか無いと単純に思ったが、ノンポリと呼ばれた多くの組合員。しがらみに揺れる感情は、理屈通りには運ばない。仲間と袂を分かち血路を開くのは、多大な痛みを伴うことを知る。

組織内に残り改革を図れるとする者、脱・組合の意志を持ちながら内部に残った、或いは残された者。組合弱体化の発端となった脱退者への謗《そし》りに、彼らの無念の怒りが爆発する。

「裏切り者ー！　出て来ーい！」「恥を知れー！」

社内で仕事に復帰した我々は、会社の仕立てたバスでの集団出勤となる。御用組合と切り捨てた我々への制裁・言葉の暴力は凄まじい。

「宮崎良子ー！　貴様ー！」「許さんぞー！」

鉄条網越しに名指しで罵倒され続けた。

組合は争議の不当性を宣伝カーで市民に訴えたが、その際、裏切り者の主謀者とされた氏名は、スピーカーを通して広く市中に喧伝され続けた。


そうこうして八か月後、ロックアウトは遂に解除に至る。全員が職場復帰後、新・旧の組合員の多くは仕事以外口を利かないという状況が長く長く続く。労働争議の後遺症は、対人関係に深い確執を残したままの結着となった。

長い月日を経た定年間近、当時の書記長だった人にこう言われた。誰もが畏縮したあの集会場で、私が脱退したいと叫んだことに対し、「凄い女がいる」と思ったと。書記長をして言わしめたこの言葉は、全組合員を震撼《しんかん》させたあの集会が、通常の経済闘争を超えた、主義者の勢力拡大を主眼とした闘いであったことを、いみじくも発露したものではなかったか。特異な体験を得て人間の機微を見た、貴重な八か月であった。

　私にはロックアウトと平行して、もう一つ記憶に残ることがある。そのことを書こうとしているのだが、ついつい前段が長くなってしまった。会社が尋常でない時、外から制裁を受けながら、私は何をしていたか。少人数での仕事の遣り繰りと、組合活動の合間を縫って実は自宅の建築に奔走していたのである。

　寒い冬に始まった闘争も春半ばにその話は持ち込まれた。条件は悪くない。争議は依然硬直状態にあり、無給で頑張っている人達には、更なる背信行為とも思ったが、チャンスは逃したくない。構わず受けた。

　世は後にバブル経済と呼ばれる時代になるのだが、不動産の価格は高騰。一般人が土地投機に走り、一億総不動産屋と言われ、私もその尻馬に乗り、会社の近くに土地は購入してあった。父は既に亡く、母に細《ささ》やかな菜園を楽しんでもらう為に。フル回転の毎日だったが、ロックアウトの波及作用か、行動のすべては高ぶりの中にあった。

やがて夏を迎え和解成立、間もなく自宅も完成。翌年には世間のマイホーム価格は数倍に跳ね上がっていた。一年延ばしていたら、おそらく私のマイホームは遠い先になり、その後の計画も無かっただろう。ところが、早目に自宅を持てたせいか、数年で新居での隠居のような生活が物足りず、何かしたいと思い始めた。会社を辞めずにできることとして貸家業を考え、会社から近い表通りに出て、小さな貸店舗を建てる計画をする。

銀行も相談に乗ってくれて、融資課でたまたま出くわした経理局長も、「保証人になってあげるからやりなさいよ。もう一人は部長に頼んであげるから」と、いとも簡単に申し出てくれた。上司でも何でもなかったが、最強の保証人を得てこれも天の利・人の利と利用させて貰うことに。一サラリーマンには法外な借入れだが、素人がそんなことを考えたのも時代だったのか。その時三十八歳、恐いもの知らずの年齢ではあった。

争議中にせっかく手に入れた新居を、税金対策の為七年で売却し土地代に振替え、建築費のみ借り入れる。敷地内に駐車場十五台分を取ったので、建物は二軒ずつの鉄筋三階建て計六軒分。そのうち三階を全面自宅にしたので、極めて歩止まりの悪い物件である。それでも給料の全てを注ぎ込んだとはいえ、素人の生兵法ながら大怪我もせず、七年ほどで完済できたのは、バブル期ならではのことと思う。

そして定年後、ひとり暮らしに備えて広さより利便性を求めて、自宅を今のマンションに移し全館貸家とする。ロックアウト中の行動も、周囲から無謀と見なされた分不相応な計画も、黙って見守り続けた母は、長生きして終の棲家も見届けてくれた。私の三度の家の歴史は母との歴史でもある。

更に十年後、七十歳を機に貸家は売却し身辺整理をした。バブルはとっくに崩壊し、取得時の半値で売却したので利益は無い。ただ会社勤め以外に何かしてみたくて、自分一代その事を楽しめたことをもって善しとしている。ひとり身を生きる気楽さである。

ロックアウト中にも拘らず、最初の波に乗ることで得た貸家はバブルの産物といえよう。一時は大家とも呼ばれたが、そこで私のバブルは終わった。建物は現存するが私が何かをした形跡は無い。過ぎ去ってみれば総て泡沫。遠からず泡と消える自身の存在。過去を著《しる》すことで束の間を生きた証《あかし》としたい。記述が独り善がりになってしまったことは否めないが、長い歳月に洗われた、今の素直な心境である。

今にして思う。あの希有な争議「ロックアウト」そのものが、時代の渦に飲み込まれた、バブル現象ではなかったかと。

※ロックアウトは半世紀近く前のこと。記憶違いもあり、当事者には異論も有ろうが、私の主観としてここに記した。

森　和風

ちいちゃんの宝物

ちいちゃんの宝物

――序――

はぁ……、あ……。この文を春先から書き始めて今日まで、五回目を重ねます。

世の中で、このようなことってザラにあるものではない……という私の中のおもいが大きく膨らんでいたからであった。ところが書き上げて、著作権ではないが、ご本人の一応の承諾が必要と思いちょっと本人の意向を聞く機会を作った。

ところが……、である……。

「私の生き方と違うから発表しないでほしい――」と。「絶対そんなつもりで和風先生の道場に入門したのではない」と言う――。

当たり前の話である。当の私がこの年齢となり、この立場となった今、四十年前にこの事実を想像し、想定したであろうか――。

何の不思議もないことである。私自身このようなことなど考えてもいないし、思いがけぬ現実を直視し、感じた時、この位置、この場所に立った今だからこそ、今生きて言える大事なことがある。

子育てに戸惑う若い母親、その子ども達に私は声を大にして伝えたいことがある――!!

日本人と日本の心が何処に向かって動こうとしているのか不確実となってしまった今、「二十一世紀の鼓動の真只中で、こんな凄い生き方と自分の生きた証を守り続けた人間が居た……」という事実を伝える義務がある――と。

ごめんなさい!!　ちいちゃん。あなたの哲学を踏み倒してまで、私はあなたを書くことで、私の生きざまを守り、伝える自分自身が居ることも事実なのです。

あなたを認知したことで、いや、あなたから私が認知されることで、私は今まで全力疾走して来た自分自身の存在を感じられるのです。あなたを書き連ねることで、私の存在を……私が如何に生きたかを確かめられるのです!!　ごめんなさい!!　ちいちゃん。あなたの哲学を踏み倒して――。

――いのちのかけら――

「ちいちゃん!!　私はあなたに何とこのお礼の気持ちを伝えたらいいのでしょう?!」

いくら考えても、心から思っても、その言葉が見つかりません……。それほど、今を生きる人のこの、森羅万象の海の中を……と言うより全てがインスタントを何の不思議も感じない現代社会の真ん中で生きてしまった〝あなたと私〟。嗚呼……!!　あなたのご家族にこれほど愛情を注がれ、大事にされて育まれたあなたと一緒に、この私までも大切にして戴き生きていたなんて……。

この幸運を心から有難く、どれほど感謝を込めても重ねても、足りません。形に出来ない突きあげる思いが溢れます。

あぁ……また、涙も溢れます。嬉しさがまたまた込みあげてきます……。

私の目の前の其処には、ちいちゃんの宝物である、古いけれど堂々とした紙箱が三個、どっかりと置かれている。中を覗いてオドロイタ!!　びっしり詰まった、貴重な資料であり〝ちいちゃんの宝物〟となって生きて来た証と共に、其処には私の歩いて来た精進の足跡もはいっていたのです。さらに驚いたことにそこには、師である私のその時代、時代の仕事振りが、四十年分の私の手本と共に鎮座していたのです。嗚呼、何というショック!! と同時に感動すら覚えたのである。余りのオドロキに、その大きな箱の一つを開けた時、

「これは?!……はぁ……ッ!! あの頃の私の仕事ねェ……、やっぱり人間は伊達には生きちょらんワ!! その時、その時の仕事はしているけれど。あぁ――!! 若さはあるけれど下手な書じゃ――!! 人は頑張って長い時を精進して生きると誰でも、何の世界でも、何とかなるものよッ――!!」

と上擦った声で言い放っていた私。其処には、八歳の時、私の門を叩いて書道を始めた時から今日までの四十年に渉る修錬の証が――。基本の横一《ヨコイチ》=横画の一=から大事に、大事に残され保存してあり、生きて来た歴史と、重く大きな宝物達が連座していた。

「これは凄い事だッ――」

と思った瞬間、私は言葉を失っていた――。私の愛弟子・ちいちゃんこと自慢の門人・雅号遙香先生。あなたの中に、私が命懸けで生き、走り続けた〝私のいのちのかけら〟までもがあったなんて――。

世界のどこにも、こんな生きた関係を持つ人間なんて居はしない。いやいやそう何人も居てくれては面白くない。居そうで居ないのではないだろうか?!

過ぎ去りし時を振り返ると、本当にあなたのような子ども達が、お稽古に通って来てくれ

たお蔭で、私は今迄、脇目も振らず、書の道を走り続けられたのかも知れません――。

今から三十四年ほど前まで、私の道場＝アトリエ＝の夏稽古は早朝五時から始めたものです。ところが子ども達の間で早起き競争が始まり、毎年、毎年早くなり、とうとう午前二時七分まで遡ってしまいました。毎年一番乗りで、道場入りする子ども達の中に何時も、ちいちゃん＝あなたが居ました。

私の旦那様が何も言わぬことを良いことに、この猛烈稽古はジャンジャン続いていった。一番迷惑していたのは、我が家のシャム猫〝エル＆ラヴ〟それにダックスの〝クリッパー君〟だったのかも知れません――。「朝が来たッ!!」――と飛びあがって走り廻っていた姿が懐かしい。

そして道場＝アトリエ＝のお稽古が終わると、中学生になった女の子達は私と一緒にお雑巾を持って掃除を三〇分から四〇分。その時も五年生だったあなたは「私もやります!!」と言って、一緒に道場の壁を拭いてくれました。

壁拭きのお雑巾は特別丁寧な子どもにしか渡せない私は、迷わず、「ちいちゃんはこれで先生と一緒に壁を拭いて――」と。

風の噂で、宮崎の道場で一番やかましく、厳しい道場だと言われていたとか――。だからであろうか？　どんな展覧会でも出品すると、ほとんどの子ども達が「特選賞」を取得していた。

　お掃除の後は楽しいお茶の時間。

　将来の夢の話と共に……。その時も最初から一貫して「小学校の先生になりたい!!」と言っていたあなた。このあなたの思いは、とうとう曲げることなく、名門の小学校、中学校、高等学校へと続き、大学受験の時、「一か月だけお休みさせてください……」と恥かしそうに言ったあなたにオドロイテしまった私。希望に胸膨らませ大学入学直後、中国・広東省・肇慶市＝端渓硯の採掘、生産地＝での文化交流に参加した時のあなたの感激していた姿が、目に焼き付いています――。

　あれは飛行機が広州上空を過ぎて、桂林に降下を始めた時のこと、私の後部座席に居たあなたは、窓から見える地上の風景に感動して「ヒャ――!!　先生!!　ムアツ布団のようじゃ――!!」と驚き、喜んでいました。そして、帰国時のあなたの背中のリュックには、大きな美しい端渓硯がはいっていて、嬉しくてたまらない〝あなたの笑顔〟が懐かしい――。

　その後、夢を実現させ小学校の教師生活に入って二十八年目――。我が道場在籍四十二年の門人であり、和風を取り締まる?!　門人達の筆頭の一人となっている。我が書団の名誉会員として、和風を支える〝軍師〟でもある。

　全く前後になったけれど、今年の秋、十一月初旬から（十一月三日から八日迄）、ひと足早い数え年での「和風の喜寿展・会員展」を、第三十回記念「書槐社展」として、開催することが決定している中で、この〝ちいちゃんの宝物〟の資料達をご覧戴くことが出来る筈であるし、和風の全てもこの中に散りばめてある。恥も誇りも一緒くたになった果報者・和風の姿をご覧戴きたい!!

「ちいちゃん!!　私は世界一の強運者です――。虚も実も一緒くたになってしまった私に良く今まで付いて来てくれました!!」

道場の歴史も半世紀を超えた今、あなたと名誉会員の自慢の教え子達に、心からの感謝と私の魂の声を一生懸命伝えたいと願っています――。

「私の軀一杯の感謝を込めて――!!

――あ・り・が・と・う――!!」

――あとがき――

ちいちゃんの哲学を踏み倒してまで書いてしまった、この〝いのちのかけら〟と宝物の話は、私の願いであり、祈りであり、大きく貴重なる現実の中で生まれるべくして生まれ、生き残った壮絶なお話なのです。読者の皆様の中には、立派な生き方だから、もっとリアルに本名や、その他のことをズバリ書いてほしかったと思ってくださる方も、大勢いらっしゃると思っています。が、この主人公の〝ちいちゃん〟から一生懸命に固辞された私が一番悔しい思いを持ったまま、ある意味の、消化不良のまま書き続けてきたと言った方が正しいのかも知れません。

――何故か?!――それは宮崎という風土が持つ特殊な感覚や感情が在るからではないだろうか……?! そんな意味で、和風の書作活動も五十年を超えた今、中央展との関わりの中で、和風もまた、六十歳を超えても尚、諸々魂を傷つけられる事象にたびたび出くわして来ました。

七十歳をゆうに超えた今、やっと何をしようが、何を言おうが、天下御免で生きられる自分が居ることに感謝しています。

ちいちゃんは教師生活に困ることが生じる!! と懸命に固辞していましたから、〝傷つけられる力〟に振り廻わされるかも知れません。ですから、読者の皆様に是非とも応援団になってほしいと願っています――。心から。そして最後に次の言葉を、ちいちゃんに捧げたいと思います――。

ある宮崎を代表する文化人の方が、私に向かって言ってくださった言葉がある。

――出過ぎた杭（釘）は叩くコツ（事）も抜くコツ（事）も出来ンもんなぁ――!! と。

聞いた時私はポカンでしたが、とても温かく嬉しい気持ちを戴いたのは確かでした。

和風は今七十六歳……!!　あとどのくらい生きられるのか、神様・仏様しか解らぬけれど、残された刻の中で何時も〝いのちのかけら〟をひろい続けられる私でいたい!!　と神様にお願いしているもう一人の和風がいる……。

森本雍子

夢のカケ・ラ

夢のカケ・ラ

テレビで北海道の余市町が出た。懐かしい名前に十八年前に旅した時の事を記した「ライラック祭り」を読み返した。以前、岸洋子のファンだった。彼女の歌う〝カンツォーネ〟が好きで、まだ、レコードが主流だったのだが買い求めて聴いていた。

ある時、宮崎市民会館に岸洋子を呼ぶというのを聞き及び、関係者の一人の房代さんに「楽しみよ！」と伝えると、何と当日、彼女の楽屋でのお世話係にしてくれたのである。そのことがご縁でレコードジャケットの主なものには「また、お会いしましょう　岸洋子」と入っているのである。

ライラック祭りと勝手に称し、札幌、小樽の二泊三日の気ままな旅であり、全くライラック祭りなど予想もしていなかったのに、行った日の翌日から行われたのは幸運だった。その小さな行程の中で余市に行ったのである。

見るべきものは何もないという定説の余市になぜ突然行きたくなったのだろうと思うに、頭のどこかに、岸洋子が「余市の子守唄」を歌っていたのを思いだしたのであろうか。いや積丹《しゃこたん》半島へ通じるという海を見たいがために、鉄道で小樽から乗り継ぎ、長万部《おしゃまんべ》行きに乗る。日本海は曇っていて、低い堤防と飛び交う海鳥が印象的だった。

余市駅から、そう遠くないNウヰスキーの蒸留所は白樺林の中にあり、原酒モルトは五年、十年、十五年と蔵出しされていた。

夫に十年モルトをお土産にし、シングルのグラスに少し注いで渡すと、「強いな」と言って、後は紅茶に入れて香りを楽しむ程度で、往年ロックで飲んでいた豪快さは失われ、いまでもボトルの底に残っている有様である。

爽やかな空気は何故か心地よい、大陸性気候の北海道は生まれ故郷の旧満州国の乾いた気候にも似て、余市町は北緯43度11分東経１４０度47分である。

生まれは海外であるにも関わらず、四十九歳にして、ようやく海外に出た。仕事で彫刻を見て回ることになった。しかも屋外にあるものを。しかし、どこをどのように巡ればよいか、見当もつかない。ヨーロッパに遊んだ方が、「まぁ、街中が美術館か博物館みたい」と言われたのを思い出し、あちこちの旅行社から、パンフレットを取り寄せて、日程、費用、巡る美術館、ホテルなど検討した。そして、年休を取り、「パリ、スペイン、10日間の旅」で美術館にも立ち寄るツアーに潜り込んだ。

その頃は、ヨーロッパに行くのに、アンカレッジで給油するのが一般的で、僅かな時間であったが、買い物する時間もあった。神戸からの同世代の女性二人とすぐ打ち解けた。その一人裕子さんに、アンカレッジ空港のことを確かめたくて、電話をかけると関西弁で「売店の女性はほとんど日本人だったなぁ」といわれる。そして、「なんや空港の周りは白かったなぁ」と言われたのだ。売り子の女性が日本人だったというのはほとんど覚えていないのである。しかし、その場所が何故か懐かしく、あまり遠くない山脈《やまなみ》に三月というのに、うっすらと雪があり空気が冴え冴えとしていたのを思い出す。

生まれ故郷の中国東北部の春は、あらゆる花々が一斉に咲くと聞く。四月一日生まれのその日になると母は、「あんたが生まれた日は梅も桃も桜もライラックもミモザも、それはそれは見事に一斉に咲くのよ」と遠いところを、瞳はさまようのであった。具体的にはそれらの花々をどのように、愛でたのであろうか。尋ねたくてもその母はもういない。

終戦前後のことは、父も母もあまり語らなかった。私も聞こうとしなかった。幼いころの快適な生活があったのも、現地の人々の生活を犠牲にして成り立っていたのではなかったか。その原罪を振りかえる事が出来なかった。何故か心に封印をしてきたように思えるのだ。

しかし、山や、川や、花や、緑は鮮やかに夢の中に現れるのである。アンカレッジで感じた肌への記憶はそのまま、緯度、経度の線を過ごした地方に引っ張っていくのだ。

その一つに、住んでいた黒河と対岸のブラゴヴェンチェンスクというロシア領の間を流れるアムール河（黒竜江）の流れは、国境にふさわしく茫洋としていて、しかも複雑な流れで支流も多く、地図を抑えてもはっきりしないが、どうも一部はレナ川にも合流しラフテフ海に注ぐ。一方、主流のアムール河はオホーツク海に出て、北海道の流氷の源となっているのだ。最近、夫が地図をみていて、「アムール河の源流はバイカル湖かもしれないよ」と新情報をくれた。

二〇〇三年八月「ロシア大周遊八日間」の旅にグループで出かけた。関西空港から当初ウラジオストクに着陸予定の飛行機が、イルクーツクに直行したので、ゆっくりバイカル湖まで行ったのだったが、アムール河の源流云々の情報が未だなかったので、少し心残りである。

空気が乾いて気持ち良い。という肌感覚ばかりが好みみたいであるが、適度に湿度があり喉に優しく感じるのもよいものである。

好きなエッセイに武田百合子の『犬が星見たロシア旅行』～読売文学賞～がある。一九六九年、「白夜祭とシルクロードの旅」というのに武田泰淳・百合子夫妻、作家の竹内好氏、添乗員の山口氏の四人の関東組、大阪中心の六人の関西組の構成である。関西組の銭高老人は単身で参加。不思議な方で魅力的、百合子さんと話が弾んでいた。

銭高老人はよく双眼鏡で「あっちの窓から見ていたら貨物列車が長いんじゃあ。灯をつけて走って行くんじゃあ。長おて、長おて。ロッシャはたいしたもんじゃあ」。ロシアをロッシャと口走る言葉で、温かな空気が蒸発するような気分になるのだ。銭高老人は土木建築会社の会長だそうで、お寺を建てたり、寄付したりと、それも決して名前も出さないと。また、関西の人々は、「我々の住んでいる阪神地区は、東京の人も住んでいるので純粋の大阪言葉というのをしゃべる人は少ないのです。銭高さんは堺の人で、純粋の大阪言葉です」と、このエッセイから学ぶ。これまで作品を書いたプロの作家に会ってみたいと感じたことはあまりないのだが、この武田百合子さんは魅力的だ。

例えばこんなくだり。「ノボシビリスク」という地名の飛行場で。「ノボはヌーボー、新しいということ。シビリスクはシベリアですから、新しいシベリアという地名ですなあ」と物知りが言う。「新大阪みたいなもんやなあ」誰かが言う。ぼんやりと聞き流していた私（百合子）は、少し経ってはっと驚く。

「ここ、シベリアなんですか⁉」

「ここ、シベリアなんですかぁッて奥さん、ここどこだと思ってました？」全く、百合子さんを身近に感じる一こまである。友人の秀子さんタイプ。いや、私の中にも彼女はいる。

孫息子が大阪に就職したので、あちこち連れて行ってくれる。中崎町の小物店や雑貨店。中之島の古い府立図書館や、カラフルな中央公会堂にも行ったが、その素晴らしい公会堂、驚いたことに、民間人が、私財を投じて建設したらしい。昔からこの地は官に頼らず民の力で何とかしようという気概に満ちた、町民文化が根付いているのかもしれない。

大阪に三日ばかり滞在すると、神戸に住む裕子さんに連絡する。すぐ出てきてくれた。

「どこへ行きたい」と聞いてくれたので迷わず「堺を中心に」、と裕子さんが堺の出身と聞いていたので答えた。「それでは、住吉《すみよっ》さんにゆこか？」と言う。このあたりでは、神社・仏閣をさんづけである。高いところから人間の目線まで、下ろして言うのだろうか。友達関係みたいで親しいのだ。おみくじをひく。凶を引き当てた。

裕子さんが慌てて、いろんなお守りを求めてくれる。私は、驚きはしたが、これまで凶を引き当てたことなどないので、この神社に信頼を寄せた。裕子さんに、「この神社、嘘つきなはらんなぁ。気にいったわ。こちらにいる孫息子の婚礼はここを推薦したいわ」と言うと、「少し関西ことばちゃう？」と笑っていた。

再び阪堺線に乗り宿院で下車。少し歩いて、待望の「蒸しそば」を食べに〝ちく満《ま》〟に行く。一見して老舗である。まだ、お昼にはほど遠いがさんさんごご、人が集まってくる。「何斤に？」と問われる。裕子さんが私を見たが、「お任せします」というと、「ほな、一斤半を二つ！」と注文してくれた。ほどなく、せいろ、おつゆとたまご二個が届いた。「おつゆにたまごを割りほぐしていれて、そばをつけてな」と裕子さんから説明があったが、せいろから立ち上る蒸気でかき消えるようであった。あの温かな蒸気ごしにした会話の温かさ、おつゆとそばのうま味。その記憶は決して消えないだろう。

すぐ隣の椿の井戸（千利休が産湯を使ったと言われている）を訪ね、大仙公園にある堺博物館の別棟の茶室「伸庵《しんあん》」で抹茶をいただき、身も心も寛ぐ。

今年三月、急に、姉妹都市の橿原《かしはら》市に文化交流団体との交流ということで伺うことになった。滞在中の一番の催事は大和三山の一つである畝傍山《うねびやま》の東南に神武天皇が鎮座されている橿原神宮に参拝することである。

何とはなしに、いただいたパンフレットを住吉大社のそれと見比べるに、おや？と思えるところがあった。古代祭祀を今に伝えるとして「埴使《はにつかい》」として、住吉大社では、祈年祭、新嘗祭に先立ち、祭器に用いる埴土《はにつち》を求めて、大和国、畝傍山西麓にある畝火山口《うねびやまくち》神社にて祭典を行い畝傍山に登拝して埴土を採取する。そんな古くからの縁《えにし》がある。不思議な縁である。それならこの文中にある「夢のカケ・ラ」も埴土で繋《つな》いだらどうであろうか？

（注）表題の「夢のかけら」の「かけら」は、広辞苑によると、かけ・ら「欠片」であり、極めてわずかのものとある。カケ・ラとしたのは、何かカンツォーネの響きを感じたのである。

柚木﨑　敏

ある顚末

「この話は、絶対受けるべきではない」

即座にそう思った。

昭和五十九（一九八四）年初秋だった。

県教育長から、

「宮崎市長より市教育長の推薦依頼があり、貴方を推挙するから引き受けて欲しい」

と、極めて唐突で、一方的な、命令ともとれる強硬な要請があったからである。

ある顚末

「いくら何でもそれはないでしょう。人を見て下さい。野暮で粗野で、それらしい品格も能力も意欲もない私は、駄目に決まっています。聞けば、県都宮崎市の教育長は大変な激職で、新市長就任以来二年間に二人も教育長が倒れて、市長は大変お困りだ、との噂です。そんな要職に、私は就けません。人選を間違っています。県教育庁の中には、相応の能力や気品を備えた方々が沢山いらっしゃるはずです。また教育界には、その地位に就きたくて、自薦他薦の希望者も少なくないと聞いています。私はお断りします」

私はにべもなく拒否した。甚だ迷惑、お世辞にも、有り難い話だと言えなかった。

「宮崎市教育長に推挙」という、まったく藪から棒の要請を、はっきりお断りしたのに、県は私を市に推薦したらしく、市から内々の面談申し入れがあった。余りにも急な展開に、押っ取り刀で防衛措置を考えざるを得なかった。何としてでも、断固断るのみである。

何気なく法律を見た。俗に教育自治法とか言われる舌を嚙みそうなややこしい名前の付いた行政法に、教育委員の項があった。

市町村の教育長は「教育委員の互選で選ぶ」となっている。従って、教育長は、取り敢えず当該市町村の教育委員に成らねばならない。その任命要件が示されている条項があった。

当時（三十年前）の法律に拠れば、

（その一）「教育委員は、地方公共団体の現職の職員であってはならない」とあった。つまり、役所の課長とか部長（あるいは学校長）とかは、任命権者の一存で、そのまま教育委員を兼務できぬシステムである。だから、私もこの話を受諾すれば、教職を辞めねばならぬ。まだ弱冠五十四歳である。

ここで前任者のように解任に追い込まれたら、家族は路頭に迷う。家族のためにも断固断るべきだ。

こんな法の定めがあるから、市町村教育長には、退職された大先輩の方々が就任されるのか？　と変な納得もした。

（その二）「教育委員は、人格が高潔で、教育、学術及び文化に関し識見を有するもののうちから、地方公共団体の長が、議会の同意を得て、任命する」と、仰天の条文である。この条項にも私は抵触する。「人格が高潔で」ないからだ。「人格が高潔」などという、すこぶる精神面の抽象性が強い、法に馴染みそうもない条文のある法律が、他にあるかは知らないが、「学術及び文化に関し識見」もないので、私はこの項にも適合しない。

これで、一方的要請に対する「お断り」の（私なりの）法的根拠（？）が心に整った。

「ご着任までの日程説明に参りました」

市役所から内密裏に遣ってきた職員課長に、

「自分はまだ引き受けた覚えはありません」

と、これまでの経緯を説明し、受諾できぬ理由を（自分で考えた法的根拠も含めて）切々と述べた。呆気にとられた課長は、

「私は市長の使い走りですから」

と、別に反論もせず、用件の説明もせず、立ち上がった。爽やかでこれが嬉しかった。

「一方的で失礼しました。どうか私の意志を市長さんにお伝え下さい」

と、伝言を託し、何となく好感の持てる課長を玄関に見送ると、夏休み明けの校庭には、秋の運動会の空気が漂い始めていた。

よかった。これで私の意志が、市長にも届き、人選は、きっと白紙撤回されるだろう。

振り返れば、私は職務上の節目毎に、何度も上司と衝突した。「人格高潔」ならざる「人格」の、明白な証である。

私は、先代の県教育長から、四年前の年度末に呼び出され、「南那珂教育事務所長を命じます」と通告された。何しろ県教育長と直々にお会いするのは初めてだったので、校長の泣き言も聞いて頂こうと、その指示は上の空で、現場の人事異動について口を開いた。教育長

は立腹されたらしく、何も聞かず立ち上がり、部屋を出て、私に別室で待機するよう下命された（この事件は、自分史『ゆらゆら橋の道』に書いた）。教育長は「傲岸不遜」と憤慨されたらしい。南那珂云々の内示は、時間的に差し替えもできず、原案のまま、教育事務所に勤務させてもらった。そして三年後、学校に復帰するとき、新しく就任されていた県教育長の前で、ご当人の名前を間違う大失敗をして逆鱗に触れ、激怒され、担当部署に「あんな奴は、最も辺鄙な小規模校に帰せ」とまで言われたそうである。

その時も、教育次長やさまざまな人の執り成しで、降格されることもなく、内示通り宮崎市立赤江中学校に着任したが、一年半ばで、その舌の根も乾かぬうちに、何故私を推薦されるのか、真意は不明だ。

「あいつなら、すぐ辞めさせられても構わないよ」

との思し召しだった。などとは考えたくないが、お二方はすでに鬼籍に入られ、確かめようもない。

いずれにしても、恥ずかしい失態である。まだまだ叩けば幾らでも埃が出るに違いない。どんなに大目に見ても「人格高潔」とは言い難いのだ。教育委員には不適格である。

課長の計らいは早かった。翌日電話が来た。

「市長の意向をお伝えにお伺いします」

とのことだった。

「来てもらっても私の意志は、変わらないので、来られなくていいですよ」

と言ったが、やって来た課長は、

「市長が、先生にお会いしたいので、席を設けました。ご足労下さい」

と、はなはだ一方的な言い分を伝えたが、

「その必要はない」

と、無下に断るのも大人げないし、課長の立場も考えて、

「分かりました」

と、返事した。内心むらむらとファイトが湧いた。よし、この際思い切って、市長に私の気持ちをぶっ付けよう。今まで何度も、上司の心象を害した、匹夫の勇――思慮分別がなく、ただ血気にはやる勇気――である。何としてでも話が壊れればいいのだ。


当日が来た。ホテルの清楚な料亭の一室。正面に市長、助役、部長らしい人、末席に顔見知りになった課長。我が方には、県教委から旧知の教育次長が、介添え役（監視役？）として着座された。

市長は、今まで会ったどの人より、尊大な人物に見えた。数万人以上の市民から、選挙による信託を得ているという自負が、こうした構えを執らせるのだろうか？　取り巻く部下の人たちも、恐る恐るこの市長に傅《かしず》いている様子で、昔の藩主を連想した。迂闊《うかつ》にものの言えるふんいきではない。しかし、例え市長の癇癪玉《かんしゃくだま》が落ちても、我がためより、路頭に迷う可能性のある妻子のために、平伏《ひれふ》してでも断らねばならない。

宴は本題に入った。

覚悟を決めた。

「実は市長さんに会ったのは、今日が初めてではありません。つい先月、ある会場の廊下でお会いしました。そして私が名刺を差し出し、職と名を申し上げ一礼しましたが、市長さんは、名刺を一瞥し、そ知らぬ顔で、さっさと去られました。すぐ後から、県知事がお見えになりました。すると知事さんは、差し出した名刺に目を通して、『ああ、赤江中学校の校長先生ですか。ご苦労さまです』と、頭を下げられました。私はびっくりしました。名刺には、はっきり宮崎市立と書いてあり、当然私の学校も、市長の管轄下にあるのに、市長はそ知らぬ顔で立ち去られた。おかしいのではないか。私は市長さんの、教育行政に対する在り方を、垣間見た感じでした」

宴席の空気が瞬時に凍り付いた。

「市長さんも忙しい方なので……」

県教育次長が、慌てて市長を庇《かば》った。

会は、憮然とした市長の姿を印象に残して散会した。

これで、話は一挙に決着したはずだ。

「あんな奴は、市外につまみ出せ」

豪胆市長は、こう怒鳴るかも知れない。

でも、市長にその権限はない。仮に市外に出されても、教育長就任よりましだ。そんな打算もして、密かに自分を慰め、ほくそ笑んだ。


次の朝、顚末報告に、待望の課長が来た。

「どうしましょうか？」と、部長が恐る恐る市長に伺いを立てたらしい。

「『うん……。あんくれんとが（あれくらいの奴が）丁度いい』と、市長はご満悦、太鼓判だったそうです」

使者は、安堵感をたたえたにこにこ顔で、胸を張った。

「無条件降伏です！　駄目でしたか……。」

どんでん返しの幕切れだった。

身分保障は現職のままでと、自治省から出向で来ている助役さんが言われたそうだ。

その翌々日から已むなく、私はその職に就く。やがて、課長も、後を追うように教育局長に昇進して、私と同じ職場になった。

米岡光子

言葉は、心を乗せて

仕事が済んでの帰り道、街中をトボトボ歩いていた。周りを見てはいるけれど、見てはいない。機械的に、ただ足が進んでいた。

「あら～、光子さん！　お久し振り」

さわやかな声で、辺りが色つきの世界に急に変わった。知人のKさんだった。おしゃれな装いで生き生きとしている。我が身のだらしなさが恥ずかしかった。それでも、背筋を伸ばし精一杯の笑顔で応える。

「まあー、Kさん、ご無沙汰しています。いつもステキですね」

「何をおっしゃるの。お仕事、頑張っていらっしゃるのね。素晴らしいわ。お母様は、お変わりないかしら」

Kさんは私よりも年齢が上だが、はつらつとした動作はポジティブで刺激的。その日もバッグを肩から小粋に抱え、パンツにシンプルな綿シャツを羽織っている。たったそれだけの装いなのに、何ともおしゃれ。横を通る人々の視線を感じる。もちろん私ではない。Kさんを見ている。

「光子さん、では、またね。ごきげんよう」

「失礼いたします」

ごきげんよう。言葉もおしゃれに響く。こんなふうにおしゃれな言葉を使いこなすオンナになりたい。

一服の清涼剤を飲んだ後のように、それからの私は足取りも軽く歩き始めていた。格好は無様だが……。

高齢者の「おしゃれ」が話題になっている。ニューヨークで、もともとはブログから始まり、それが人気をよんで写真集が刊行されたらしい。「年を取る過程にはたくさんの素晴らしいことがあると伝えたかった」と、著者のアリ・セス・コーエン。

日本では昨年九月に、高齢福祉の仕事に関わった経験を持つ男性らが、おしゃれな高齢者の写真集を発売している。「高齢者のことを、もっと若者に知ってほしい」と、東京・銀座などで目を引いた高齢の女性らを撮影したことが、きっかけらしい。

この写真集が、若い人たちにも勇気や元気を与えていると聞く。私もKさんから一瞬で元気をもらったのだから間違いない。「宮崎で見つけた、おしゃれな高齢者スナップ」なんてないかなあー。街が元気になって、きっと活気づくはず。

この「おしゃれ」、教育現場ではマイナスイメージの言葉である。第一印象は一瞬で、しかも見た目で決まる。見た目の要素の一つ「身だしなみ」は、第一印象の形成に大きく影響する。そこで「身だしなみ」を整えることが大切になるが、「おしゃれ」との違いで理解させている。

「おしゃれ」は、自分の好きな服を自分流に着飾ること。「身だしなみ」は、相手に好感を持たれるような服装をすることが第一。自己主張ではなく、相手から信頼される服装を心がけるようにすること。

つまり、「制服をきちんと着ましょう。おしゃれは必要ありません」という訳だ。

数年前、「ねえ、おしゃれって、どんな意味?」米寿を控えた伯母から大真面目に聞かれたことがある。「うーん、かっこいい、あか抜けている、ステキっていうか……」その時、私は明快な返答ができなかった。伯母は「洒落者という言葉があるけど、道化者とか、滑稽な人という意味でしょう。だから『いつも、おしゃれですね』って言われると、笑われているのかなあーと思ったの」と気になっていたらしい。

「おしゃれ」の語源は諸説あるようだが、趣・風情があり、風流で遊び心のある様子を指して言ったようだ。広辞苑には「身なりや化粧を気の利いたものにしようと努めること。また、そうする人」とあった。

「洒落」になると、ふざけたり冗談のことも意味する。そこから洒落者とは、①気の利いた動作や言語の洗練されている人、②こっけいな言動で人を笑わせる人、ともあった。

また、江戸時代、身分不相応なおしゃれをする生意気で野暮なことを「しゃらくさい」と言ったそうだ。「しゃらくさい」はもう使われそうにもない言葉だが、身の程もわきまえず「おしゃれ」をして、「しゃらくさい」にはならないように気をつけよう。

言葉は生き物だとつくづく思う。言葉の意味合いが元気を与えたり、不要なものということだったり、使う場面・時代・人で変化していく。

そう言えば、「乗り物の中で席を譲られた時は『すみません』と謝るのではなく、お礼の言葉『ありがとうございます』と言うのですよ」と教えられたことがある。

理解はできるが、納得できない。思わず「すみません」と言ってしまう私がいる。私よりずいぶん若い人から席を譲られると、ちゅうちょなく「ありがとうございます」と、心を込めて言える。しかし、同じくらいの年齢の方に席を譲られると、「ありがとうございます」だけでは何かが足りず、胸の中がザワつく。「もし、私に席を譲らなければ楽ができただろうに、申し訳ないなあー」と思ってしまうのは、きっと私だけではないはず。それで「すみません」と勝手に言葉が飛び出す。日本人には、助かった、良かったので「ありがとう」というだけでなく、その気持ち以上に、相手に負担をかけてしまい「申し訳ない」といった心情がある。「すみません」でも決して悪くない。そう考えてみると、心の折り合いがついて、スッキリする。

買い物をして、いよいよ支払う場面で「お客様、駐車場のご利用は……?」「本日は、お車でご来店ですか?」などと、必ず聞かれる。「いいえ」と言うと、「失礼いたしました」と返される。どうもこの「失礼いたしました」が、私にはマニュアルの言葉に聞こえて仕方がない。

「失礼なことは何もない。車で来なかったこと、車の運転ができないことは有り得ないのだろうか」「余計なこと聞いて、ごめんなさい」の意だろうか。こんな時は、さわやかにアイコンタクトして、「そうでしたか」「わかりました」「はい」のほうが、すんなり心が応じる。

そもそも私は車の免許を取得しておらず、運転ができない。仕事をしていて、今どき珍しいと言われるが、若い頃から車の運転をするということに全く興味がなかった。それは、私をすぐに、どこまでも送り届けてくれる特定の男性がいた訳でも、そのような男性を狙って車の運転はしない、と決めていた訳でもない。運転したくない、ただ単に面倒くさいだけだった。こんな私が車の運転をすれば、きっと事故に繋がる。

講師の仕事に就いた頃、よく驚かれた。「へえー、よくそれで仕事ができますね。車の運転ができないと困るでしょう」と言われ、反論する言葉がなかった。ところが最近では、「地球環境のことを考えていらっしゃるのですね」「それが一番ですよ。自家用車を持つのは不経済です」「駐車場を探したり、道を調べたりするのに時間がかかりますからね。そんな煩わしさを考えると面倒です。正解ですよ」。ありがたい時代になったものだ。

肯定の言葉は単純に嬉しい。心が尖らず、悲しげでもなく、穏やかになる。

初めて伺った仕事先で、研修が済んで失礼する間際、「機会がありましたら、またお願いします」と言われると、「機会が来なかったら、お目にかかることはないんだなあー」と寂しくなる。

月々の支払を持参する場面で、「今月分でよろしかったでしょうか」と言われることがある。「ついでに来月分まで払いませんか」の意で、先払いを促したいのかもしれないが、「今月分だけだったら悪いの？」と思ってしまう。

もちろん、前者も後者も、そんな意味で言っているのではないことは十分に分かっている。ただただ心が反応してしまう。ひねくれた見方をしてしまう私って、本当に心の狭いヤツだ。

今年、確定申告の受付で提出が済み、「来年のこともあるので、ちょっと伺いたいのですが、領収書と明細はこんなまとめ方でいいですか」。すると、担当の方が微笑んで、「はい。素晴らしいです。これで十分です。来年もよろしくお願いします」と頭を下げられた。大の大人が小学生のとき「えらいね」とほめられたような、そんな晴れがましさだった。単純に「しっかり税金納めます！」という気にもなる。

言葉の選択は、やっぱり重要だ。一つの言葉で悲しんだり、怒ったり、喜んだり……。一つの言葉は、それぞれに心を持っている。

「日本語の作法」の第一人者・外山滋比古氏が、『大人の言葉づかい』で次のように記していた。

「人は生身の顔のほかに、もうひとつ、ことばの顔をもっている。（略）自分の覚悟で使うことばである。恥ずかしくない顔がしたかったら、つとめてことばの教養をつけるのがたしなみである」と。

私の言葉はどんな顔をさらしているのやら。なるほど、言葉も覚悟を持って使わなくてはならない。しゃべれなくなりそうだが、心を磨いて言葉もおしゃれをしよう。

渡辺綱纜

星は流れても
―宮崎観光の風雲児 佐藤棟良さん―

星は流れても

―宮崎観光の風雲児 佐藤棟良さん―

宮崎観光の風雲児、佐藤棟良さんが逝った。九十六歳だった。

宮崎交通東京事務所が、東京銀座東一丁目の旭洋ビルに開設されたのは、昭和三十六年の十月一日のことであったが、その旭洋ビルの社長が棟良さんだった。まだ四十二歳の若さだった。

その年の四月、宮崎交通本社の機構改革があって、観光部が創設された。観光部には企画宣伝課と観光課の二課があって、私は企画宣伝課をまかせられた。三十歳だった。そういうこともあって、挨拶のため上京したのだが、旭洋ビルの玄関でばったり棟良社長に出会った。うやうやしく名刺を差し出した私に、棟良さんは「やあ、ご苦労さん。岩切章太郎社長のためにがんばってね」。それだけ言って、さっと待たせてあった車に乗りこんだ。それが初対面だった。

にっこり笑った顔は、まだ少年のようにあどけなかった。

二度目に会ったのは、宮崎市大淀川畔に棟良さんがホテル・フェニックスを建設して開業した年で、昭和四十一年の暮れ頃ではなかったかと思う。場所は、宮崎交通の本社か、ホテル・フェニックスだったが、はっきりとは覚えていない。棟良さんは、四十六歳になっていた。

棟良さんは、開口一番こう言った。

「渡辺さんね。私は岩切章太郎会長から帰って来いと言われたので、このホテルを作ったんだよ」

ホテル・フェニックスの場所は、昔は紫明館といって、昭和天皇もお泊まりになったことのある由緒ある料亭旅館だった。経営が思わしくなくなって売りに出したら、最初に手付金を打ったのが、関西の大手私鉄K社のオーナーだったという。大淀川畔は、宮崎の生命《いのち》である。絶対に関西資本の手には渡したくない。心配した岩切会長と黒木知事が大阪に来て、佐藤社長に会い、「宮崎に帰って来い」と言われたのが、棟良さんと岩切会長の繋《つな》がりの始まりだった。棟良さんはそう語った。

棟良さんは、断った。観光のことは何も知らないし、分らないというのがその理由だった。ところが、岩切会長から東京で評判のうなぎ屋に招待された。岩切会長はうなぎが大好物だった。「佐藤君、うなぎは好きか」と言われて、思わず「ハイ」と返事をしたというのである。

実は、棟良さんはうなぎが大嫌いだった。あのニョロニョロした姿が気味が悪かったと言う。「うまいだろう」と言われて、「こんな美味しいうなぎは、初めてご馳走になりました」と思わず答えてしまった。それから、岩切会長から呼ばれるのは、いつもうなぎ屋で、とうとう最後にはうなぎが好きになってしまった。

ということで、棟良さんは、うなぎ屋で岩切会長から、「君には、郷土愛はないのか」と言われ、宮崎に帰る決心をした。

棟良さんは、この思い出を何度話したことだろう。会うと「うなぎ屋…」だった。

宮崎に帰った棟良さんと会うのは、ほとんどニシタチの「五郎」という居酒屋だった。

私は、この五郎に、宮崎に来る有名人をかならず案内していた。作家の檀一雄や映画監督の五所平之助は常連だった。巨人軍の選手もよく招待した。女優の岩下志麻を連れて行ったこともある。

棟良さんと会うのは、いつも偶然だった。約束して会ったことは一度もない。棟良さんが来るのは遅い時間で、一人で来ることが多かった。私は、隣に座って棟良さんの昔話を聞くのが楽しみだった。

私が、棟良さんのことを「風雲児」と呼ぶようになったのは、五郎で聞いた話からである。まさに、波乱万丈の人生で、小説にしたいような話題ばかりだった。

棟良さんは、昭和十三年の十八歳の時に一人で飯野海運の貨物船に乗って、各地の港で荷物の積み降ろしをしながら、五十七日間かかってニューヨークに行っている。普通の旅行ではない。私には、冒険としか言いようがなかった。

棟良さんはこの時、アメリカの経済の発展ぶりを目の当たりにして、日本がいかに後進国であるかということを痛感した。棟良さんの世界観へのめざめの第一歩であった。

棟良さんは帰国して慶応大学に学び、三井物産に入社した。昭和十八年二月、召集されて太刀洗の航空教育隊に配属され、ジャワ、スマトラ、チモール、ニューギニアに派遣された。

棟良さんの話でびっくりしたのは、敗戦になって昭和二十一年に復員した時、戦犯容疑で逮捕され、巣鴨の拘置所に収容されたというのである。

ところが、占領軍のGHQ横浜司令官をしていたジョン・ウオッテ氏がそのことを知り、すぐ解放された。棟良さんは、台湾でその司令官が日本軍の捕虜になっている時、親切にしたという。棟良さんのやさしい人柄を感じた一面であった。それにしても、「運のいい人だなあ」と、思うことだった。

棟良さんはそれから宮崎に帰って、三井物産時代に紙の仕事をしていた関係で、日本パルプ（現在の王子製紙）の日南工場と提携し、紙販売の旭洋商事という会社を設立した。資本金は二十万円だったそうだが、一文なしだった棟良さんは、財界の大物だった太田正孝氏、向井忠晴氏を動かし、全額その資金を工面してもらった。

おもしろかったのは、その二十万円を宮崎に持ち帰る時の話である。今と違って、千円札も一万円札もない時代である。山のような札束を新聞紙で包み、セメント袋に入れ、荒なわで結んで、汽車で四日かかって宮崎に運んだ。網棚に乗せた大金を、ひもで足とつなぎ、トイレにも行けなかったとのことで、私は今更のように棟良さんの度胸に感嘆したのである。昔のエピソードの話をする時の棟良さんは、本当に天真爛漫で、いかにもうれしくて楽しそうだった。

私は魚の焼き物が好きだが、棟良さんもそうだった。甘鯛の焼魚を美味しそうに食べていたが、食べ終わってママさんが片付けようとすると、「ちょっと待って」と言った。「熱いお湯と塩を少し持ってきて」と頼んだ。お湯がくると、焼魚の残り（ほとんど骨ばかりだが）にたっぷりとそそいだ。そして、塩をパラパラとふる。箸でかき廻してうまそうにすする。何のことはない、甘鯛の即席スープである。

私は、棟良さんがすっかり好きになった。少しも気どらず、何という庶民的な人間性だろう。本当に惚れ惚れとした一瞬だった。

棟良さんは、カレーライスも好きだった。慶応大学の学生時代、よく読売新聞社の本社に行った。そこには、宮崎県美々津町出身の黒木勇吉さんがいた。論説委員だった。行くと黒木さんは、たいへん喜んで、社員食堂に案内して、カレーライスをふるまってくれた。黒木さんの話もためになったが、カレーライスの味が忘れられないと、棟良さんは言った。

棟良さんが、ホテルを開業した時も、ゴルフ場を作った時も、自然動物園でも、何かある時には、かならず黒木勇吉さんの姿があった。

ある時、黒木さんにそのことを尋ねたことがあった。黒木さんも、カレーライスのことは覚えていた。「佐藤社長は、そんな小さなことを忘れずに、今でも私を大事にしてくれる。うれしい」。

黒木さんは、そう言ってしんみりとなった。

黒木勇吉さんは、私の母校宮崎大宮高校の先輩だが、大人物だった。郷土が生んだ外交官小村寿太郎や歌人若山牧水の研究で知られる郷土史家の第一人者でもあったが、私も川端康成が来宮した時、美々津の町を案内してもらったり、お世話になった。熱烈な郷土愛の棟良さんだが、青春時代の黒木勇吉さんとの交流が、その底辺にあることを、私はしみじみと感じたのである。

私が棟良さんと最後に会ったのは、五、六年前だったたか、もう十年近くなるのか、どうも確かではない。

宮崎空港で、車椅子に乗った棟良さんが手を振っていた。駆け寄って握手をした。やわらかい、温い手だった。「宮崎もたいへんだが、がんばらなくては」と、笑顔で言った。元気そうだった。

数日して、一通の手紙と色紙が届いた。色紙にはこう書いてあった。

天空高く聳え立つ
白亜の殿堂は
二十世紀宮崎不世出の
栄光の金字塔也《なり》

「毎日、シーガイアのホテルを眺めて元気を出している。おれはやったんだ」

棟良さんのその思いが、ひしひしと伝わってくるようだった。

宮崎観光の風雲児、佐藤棟良さんの名は永遠である。でも、宮崎の夜空に輝いていた一つの大きな星が、すうっと消えて行ったようなさびしさを禁じ得ない。

星は流れても……棟良さんのあの郷土愛は、ふるさとで生き続けていくだろう。

〈付記〉

岩切章太郎翁と並んで、戦後の宮崎観光に大きな旋風を巻き起こした佐藤棟良さんについて、地元で知らない人はいないが、はじめての方々、特に県外の皆さんへ、棟良さんの事業について説明しておきたい。

昭和四十一年、宮崎市大淀川畔の「ホテル・フェニックス」を皮切りに、棟良さんは、一ッ葉海岸に「サンホテル・フェニックス」「シーサイドホテル・フェニックス」「フェニックス自然動物園」「フェニックスボウル」と、複合レジャー施設「フェニックスグリーンランド」を、次々に展開していった。

また、生まれ故郷である日南市北郷町には、温泉施設「フェニックスリゾート」を作り、ホテルとゴルフ場を開業した。

郷土愛から出発した棟良さんの夢は、ますます大きく広がり、世界的に有名になった「ダンロップフェニックスゴルフトーナメント」の開催、そして日本のリゾート法第一号の指定による「シーガイア」の大構想で、頂点に達した。サミット外相会合の誘致も、県の熱意と支援で成功に導いた。

みやざきエッセイスト・クラブの会員である中村浩さんは、フェニックスグループの母体となったフェニックス国際観光の元副社長として、棟良さんを支えた一人である。

中村さんは、棟良さんの死後、朝日新聞特集の「不死鳥（フェニックス）の旅」で、次のように述べている。

「最後のリゾート（シーガイア）まで付き合っちゃったのは、佐藤棟良の実行力。それに、いつしか惚れ込んでいたからかもしれない」

棟良さん自身は、シーガイアの開業前の一九九二（平成四）年、朝日新聞の取材に、こう語っている。

「ぼくは、岩切イズムを踏襲しているが、ひとつだけ違うのは、企業家としての時代背景だ。ちょうど激動の時代に対応できる若さが、ぼくにはあったということだと思う」

岩切章太郎翁没して、今年七月十六日には「三十回忌」を迎えた。岩切翁は、いまの宮崎の観光とリゾートの現状を、どう眺めているだろうか。

【執筆者プロフィール】

伊野啓三郎　一九二九年、旧朝鮮仁川府生。戦後、熊本県天草町に引揚げ後、宮崎市に移住。広告会社役員。MRTラジオ「アンクルマイクとナンシーさん」パーソナリティとして活躍中。

岩尾アヤ子　大正十四年一月十三日生。宮崎県女子師範学校本科卒業。中学校・小学校教員、裏千家茶道正教授、池坊教授。紺綬褒章（内閣総理大臣）。

興梠マリア　アメリカ出身。英語講師・異文化紹介コーディネーター。俳句結社「風港」、「流域」所属。「宮崎県文化年鑑」編集委員。日本ペンクラブ会員。

釋　夢人（本名　大山博司）一九六三年、長崎市生。鹿児島大学大学院（医）卒業。脳神経・精神を専門に開業。本業、趣味とも好奇心旺盛な、マルチな万年青年を目指す。

須河　信子　昭和二十八年、富山県井波町（現南砺市）生。昭和五十二年より宮崎市に在住。大阪文学学校にて小野十三郎・福中都生子に現代詩を師事。

鈴木　直　一九七三年、福岡県小倉生。明治大学卒業。サッカー一筋二十年、体育会系から文化会系へ華麗なる（?）転身を遂げる。現在では自転車や読書、座禅を嗜む。

鈴木　康之　一九三四年宮崎市生。大宮高、京都大（法）卒。一九五八年旭化成㈱入社、退職後、

竹尾康男　昭和八年生。耳鼻科開業医。信大医卒。東大大学院卒。二科会写真部会員。宮日美展無鑑査。写真集『視点・心点』（宮日出版文化賞受賞）。

田中薫　昭和十六年、埼玉県浦和市生。元宮崎公立大学教授、出版文化論担当、さいたま市在住。趣味は旅とスケッチ、『西洋館漫歩』（鹿島出版会）、『本と装幀』（沖積舎）など著書多数。

谷口二郎　産婦人科医。宮日アドパークに「ドクタージロー通信」。MRTラジオ「みえことジローのあったかトーク」。15冊目のエッセイ集『人生楽しくピッポッパッ』など著書多数。

戸田淳子　都城市生。四十七年間関東に住む。この間俳句を飯田龍太・廣瀬直人の両氏に師事。平成二十一年帰郷。日本エッセイスト・クラブ会員。みやざきエッセイスト・クラブ編集委員。

中村浩　一九三二年生。宮崎県新富町出身。フェニックス国際観光㈱を二〇〇〇年に退任。著書にエッセイ集『風光る《かぜ》』（一九九二年）、『光る《ひか》海』（二〇〇二年）。

野田一穂　鹿児島市出身。東京女子大学文理学部英米文学科卒業。読み聞かせボランティア情報交換研鑽会「まほうのつえ」・語りを楽しむ会「語りんぼ」代表。

福田稔　熊本県球磨郡生。帝塚山学院大学（大阪府）を経て、平成十四年より宮崎公立大学で教える。専門は英語学・理論言語学。みやざきエッセイスト・クラブ副会長・編集長。

丸山　康幸　一九五二年東京生。神奈川県茅ヶ崎市在住。愛読書は東海林さだお、アラン・シトリー、アンドレ・モロア、アラン、ロバート・キャパ、永井荷風。

宮崎　良子　一九五八年、宮崎大宮高等学校卒業。同年MRT宮崎放送入社、一九九七年同社定年退職。「宮崎県文化年鑑」編集委員。「みやざき文学賞」運営委員。

森　和風　西都市出身・書作家。金子鷗亭に師事。一九六二年「森和風書道会」設立。四十年にわたり国際文化交流に尽力。二〇〇〇年、第51回宮崎県文化賞受賞。日本ペンクラブ会員。

森本　雍子　旧満州国生。宮崎市役所、㈱宮交シティ勤務。都市環境研究会（OB・生活文化）。現在、宮崎文化振興協会理事。宮崎市芸術文化協会副会長。本会当初からの会員。

柚木崎　敏　国富町出身。小中校教員で、県内各地を転勤後、宮崎市教育委員会等に勤務。好奇心旺盛、本会当初からの会員。

米岡　光子　宮崎市在住。短大・専門学校の非常勤講師（秘書実務）、接遇研修の講師を務める。MRTラジオ「フレッシュAM！　もぎたてラジオ」（毎週木曜日）マナー相談。

渡辺　綱纜　宮崎交通に四十六年間勤務。退職後、宮崎産業経営大学経済学部教授。現在は県芸術文化協会会長、九州文化協会副会長。宮崎公立大学理事。宮崎産業経営大学客員教授。

あとがき

福田　稔

みやざきエッセイスト・クラブの作品集20『夢のカケ・ラ』をお送りします。今回はクラブが発足して二十周年になる記念号となります。クラブＯＢの原田解様には特別寄稿をして頂きました。感謝申し上げます。また、伊野啓三郎会員をはじめ会員二十一名の二十四作品を掲載しております。準備の段階で賜りました会員の皆様と鉱脈社（特に、小崎美和さん）のご協力とご支援に心より感謝申し上げます。

　私がみやざきエッセイスト・クラブに入会したのが平成十七年の四月でした。あれから十年が過ぎたとは、時が経つのは早いとつくづく感じます。

　さて、「世」の文字は「十」を三つ重ねますので、一世代は三十年となるそうです。すると、みやざきエッセイスト・クラブの節目の年まであと十年。きっとあっという間に三十周年になることでしょう。これからも良い作品が描けるよう心新たに研鑽を積んでゆきたいと思います。

会員の動向ですが、野田一穂さんが入会され、会員は二十一名となりました。

今回のカバーと前扉は、我がクラブの谷口二郎会長の作品です。カバーは「未来への創造」、前扉は「レッツ トライ」です。作品を書く一方で、別の作品を描いておられたとは。会長の意外な……いや、多才な一面を知ることができ、感服した次第です。

最後になりましたが、みやざきエッセイスト・クラブの会長は谷口二郎さん、副会長（兼編集長）は小生、事務局長は須河信子さんです。

皆様の感想などお聞かせ頂ければ幸いです。

編集委員会

興梠 マリア
須河 信子
戸田 淳子
福田 稔
宮崎 良子
森本 雍子

みやざきエッセイスト・クラブ作品集

掲載作品一覧（第1集〜20集）

第1集『ノーネクタイ』

1996年10月10日発行　表紙絵／時松としこ

金丸　トミ　金毘羅歌舞伎／おサワさん／神武さま
河野　喬　北米西海岸の博物館を訪ねて
黒木　淳吉　雲は切れない
谷口　二郎　穴／「男味、女味」／「五十一と四十九」
中原伊来子　天窓／凧の三段跳び／さっちゃん
原田　解　以下同文／白いウサギ／笛と太鼓
藤本　廣　ロカ岬／「お母さんが居るから居る！」／Y先生の思い出
松尾　順子　旧姓への想い／袖すり合うも〝しんぶん〟の縁／「みどりの日」に
三上謙一郎　北欧見聞記／こそ泥／青い目の人形
南　邦和　まごまご症候群／〝銀〟のように高麗の寺で
森本　雍子　小菊／庭に来る鳥
山下　道也　本の話－ホンのおはなし－／囲いこみの教育と開放の教育／「友人以上、恋人未満」
柚木崎　敏　雨降りの唄－校長時代の古いノートより－／奥の院の十字架
渡辺　綱纜　文をつくる／野村憲一郎先生／ノーネクタイ

第2集『猫の味見』

1997年11月30日発行　表紙絵／清水　蓉子

伊野啓三郎　愛ある別れ
金丸　トミ　たかが小指、されど小指／夏の終わりに
河野　喬　妙円寺跡石塔群
黒木　淳吉　同窓会
竹原由紀子　月下美人／朝鮮漬
谷口　二郎　顔／死後アラカルト
中原伊来子　なつかしき飛騨の高山／白い山脈と私

原田　解　いびきのドラマ／風田の湯煙り
藤本　廣　ロシヤの雀と日本の雀／アメリカの娘・クリス
本條　敦巳　カミナリ／身土不二
松尾　順子　十二の春／「先生と呼ばないで」
三上謙一郎　怖い酒／身を処す
南　邦和　望郷の宴――中錫弼画伯との夜／続・まごまご症候群
三又　喬　ふるさと自慢　わが町の名物おやじさん／日南海岸クルーズ
森本　雍子　ライラック祭り／雨
山下　道也　あなたとわたし
柚木﨑　敏　猫の味見／丹後守のこと
横山多恵子　綾／「三太郎」
吉田　信子　彼女が算数のできなかったわけ／溶岩は流れる
渡辺　綱纜　かわいい女、かしこい女／網走からの荷物

●一般からの応募作品

大津　貞子　瓜ん坊顛末記／喜田久美子　若葉のころ／児玉　克弘　娘の嫁ぐ日／篠原　正子「のさん」と「よだき」／新福　箕郎　秋彼岸／清　紀代子　冷や汁と私／田中　幸世　一日だけのいい女／中武千佐子　箱メガネ／西　美紀　叱られる贅沢／深田　重昭　ゲオルクの人生／三重野文子　水枕

第3集『風の手枕』

1998年12月25日発行　表紙絵／毛利　睦子

伊野啓三郎　花・人・心
金丸　トミ　お遍路さん
河野　喬　こども達の文化財めぐり
黒木　淳吉　還暦
竹原由紀子　風の手枕
谷口　二郎　夜の診察室／三スの神器
中原伊来子　甕割峠を越えて
原田　解　ご機嫌よろしゅう
藤本　廣　素焼のパイプ／北海道の雀と宮崎の雀
本條　敦巳　〝ああ堂々の…〟
松尾　順子　運のいいヤツ／迎え火
三上謙一郎　消えた町名／大伯父の知恵
南　邦和　王様がやって来た村／五十三年目の〝千人力〟
三又　喬　「狭野杉」
森本　雍子　何でも天才修理屋さん

山下　道也　私のマルガレーテ
柚木﨑　敏　妙薬雨蛙
横山多恵子　骨折の記／帰郷
吉田　信子　ある破談
渡辺　綱纜　林真理子さんと宮崎牛／君は杜へ

●一般からの応募作品

阿部　芳子　月下美人に乾杯／荒木　崇之　日曜日の散策／今村　和子　山遊びセレクション／井宮　悦子　獅子舞と私／岩尾アヤ子　私のロングバケーション／うえはらなるみ　ぐうぜん？／榎本　朗喬　真夏の夜の夢／大津　貞子　父・夫・息子たち／亀之園早苗　言霊に響く交流／鎌倉　廣行　二十一世紀の暮しぶり／菊池　文雄　あの頃のこと／喜田久美子　選曲／釘崎　衛　八月十五日への思い／児玉　克弘　感動は打ち寄せる波のように／高田橋扶美　たくあん／阪衛　克巳　きれいな空気と交通安全のための小さな提案／阪本　節　金婚すぎて－父の日／新福　箕郎　桜井作戦／水津寿和子　最後の旅／清　紀代子　チキン南蛮と息子／高橋　一彰　他国者／高橋　紘子　一枚の紙／田中　幸世　貧乏神の住む家／谷之木みつ子「青春探検」を見て／田村　健二　時間の果てに／水流　渓人　都合前線停滞中／藤堂　由恭　なぜ殺したらいけないのか／得能　憲一　旅／中武　千佐子　夢見た五日間／中村　亜弥　輝きの源／永井　和子　とどめのひと言／長沼　恭子　海のてざわり／西本八洲男　独り言／二宮　昭一　転職／間　瑞枝　玲子さんのあわて床屋／服部とみや　十時姓のこと／原　隆祐　ひがん花／ばん　尚子　巣ばなれ／福元　薫　旅／藤田　保子　むすめは元気ですか？／外尾　知子　結婚／堀井　桂子　新聞が恋しくて／前田はじめ　富高・細島　少年の日／前田　宏　もっと知りたい縄文／松岡　優　大正生まれ／松田　義信　達人／三重野文子　農婦の一念／宮田　和美　手おくれ／村原　好恵　酉年生まれ／室田　信夫　鶯の恩返し／毛利スガ子　マグマの指紋／森茂　正文　富士山／横山　陽二「神ではない。しかし……」／脇元　星二　魚の事など

第4集『赤トンボの微笑』
1999年11月10日発行　表紙絵／上村　次敏

伊野啓三郎　『明日への祈り』
金丸　トミ　夢の宴／入れ歯
河野　喬　同窓会誌
黒木　淳吉　大脳の散歩

竹原由紀子　赤トンボの微笑／離婚芝居
谷口　二郎　ケイタイ／信用できない自分／涙の出る理由
中原伊来子　担架／河童道／空飛ぶ宝石
原田　解　空飛ぶクジラ
藤本　廣　山仮屋トンネルの煉瓦
本條　敦巳　わたしの西国巡礼／とげ抜き地蔵
松尾　順子　みちづれ
三上謙一郎　消えいく言葉／いっ風変わった男
南　邦和　霧の四馬路／〈画廊みんなみ〉の記／シラノ・ド・ベルジュラックの言葉—俳優 三津田健覚書
三又　喬　小説の舞台地「無鹿」
森本　雍子　しわ（皺）
山下　道也　意識の流れ
柚木﨑　敏　大詔奉戴日
横山多恵子　紅薔薇／全国高校総体／薪と空気銃
吉田　信子　「愛する能力」について／待合室にて
渡辺　綱纜　優等生のパンツ／コンコンブル／Mさん

第5集『案山子のコーラス』
2000年12月6日発行　表紙絵／加藤　正

伊野啓三郎　愛・ひととき
金丸　トミ　パチンコ屋エレジー／地震
黒木　淳吉　負の季節に
須河　信子　三十年目の握手
鈴木　康之　「ドンゲナットジャロカイ」
竹原由紀子　のぞき窓
谷口　二郎　息子は永遠のライバル／しつけ
長尾　典昭　青天の霹靂
中原伊来子　老　木
原田　解　案山子のコーラス
藤本　廣　早起きは三文の得ホトトギス／〝化石人間〟動き出す
本條　敦巳　コンコルドとテコテコ／消えたほくろ
松尾　順子　虹の架け橋
三上謙一郎　亡国の歌／扁額のはなし二題
南　邦和　しあわせ税／痛風と羊羹
三又　喬　不思議な出会い
森本　雍子　壊れない人形／蟹座の男たち
柚木﨑　敏　私の指定席
横山多恵子　五ケ所高原／再生封筒

渡辺　綱纜　閣下と英語／大学教授一年生／夏の思い出・モヨ島

●特別寄稿

石井　好子　物を書くことの幸せ

永　六輔　五冊目、おめでとうございます

第6集『風のシルエット』

2001年12月21日発行　表紙絵／木脇　秀子

伊野啓三郎　風のシルエット

金丸　トミ　ある人への手紙

佐藤　挙男　北国のガールフレンド／サザンクロス

須河　信子　半島にて

鈴木　康之　分かっちゃいるけど止められない

竹原由紀子　ミサト／青瀬の人びと

谷口　二郎　じろーという名前／過去と未来の狭間で／出てくるわ、出てくるわ……

長尾　典昭　カムサハムニダ

藤本　廣　〝ダザイヤン〟森永国男先生のご急逝を悼む／名医（故）泉谷武近先生のこと

本條　敦巳　うちのネコ

まつおじゅん子　最後のお便り／心の闇が消えるとき

三上謙一郎　殴る教師

南　邦和　〝伊津奴姐さん〟のこと／越中八尾まで

三又たかし　一枚のはがきから

森本　雍子　蕎麦の花／焼畑／蕎麦通

柚木﨑　敏　ウズベキスタン紀行－語学力考－

横山多恵子　数学恐怖症

渡辺　綱纜　岩切章太郎翁余話

第7集『月夜のマント』

2002年11月15日発行　表紙絵／水元　博子

伊野啓三郎　風のささやき

金丸　トミ　イタリア紀行

黒木　淳吉　出版記念会の夜

佐藤たかお　北国挽歌

須河　信子　西米良村センチメンタルジャーニー

鈴木　康之　瑠璃子

竹原由紀子　月夜のマント／青柿

谷口　二郎　風に吹かれて／ゴーゴーヘブン／患者になる一日

長尾　典昭　ちょっと　ヘビかも

原田　解　ウイロー持って来た？

藤本　廣　百円玉／私は〝夫〟
まつおじゅん子　宮日「自分史講座」を読む／酸いも甘いも
三上謙一郎　借りておきなさい
南　邦和　青島らぷそでぃ／サパタと呼ばれていた頃―わが〝心の旅路〟
三又たかし　芹川の湯
森本　雍子　西郷せんべい／オペラ座の怪人
柚木﨑　敏　ミステーク＆ミスプリント
横山多恵子　応援団／ホオズキ
渡辺　綱纜　母の思い出／余話と夜話

第8集『時のうつし絵』
2003年11月7日発行　表紙絵／坂本　正直

伊野啓三郎　コズミック ブルースに抱かれて
金丸　トミ　イタリア紀行
黒木　淳吉　黒木清次文学碑祭
佐藤たかお　愉快な上司たち
須河　信子　椎葉の夜
鈴木　康之　阿弥陀堂だより／こっくりさん
竹尾　康男　三途の川の渡り方
竹原由紀子　ナポレオンの馬／きりぎりすの窓

田中　薫　「善魔」と「スーさん」
谷口　二郎　ああ　紛らわしい／四十九個のお弁当／愛犬ロキの気持ち
長尾　典昭　命　傾けて
原田　解　人間機関車の汽笛／時のうつし絵
藤本　廣　橋のある句景
本條　敦巳　愛馬進軍歌
まつおじゅん子　終楽章の音色／ネクタイ
南　邦和　縄文の家族たち／大統領になったトム
三又たかし　天草紀行
森本　雍子　最後の恋／なにそれ？
柚木﨑　敏　ミミズの勲章
渡辺　綱纜　川端康成先生のなつかしくもおかしな思い出話

●追悼の記
横山多恵子　中原伊来子さんを偲んで
原田　解　悠々パス

第9集『夢のかたち』
2004年11月9日発行　表紙絵／山本　祐嗣

伊野啓三郎　冥府からの里帰り

金丸　トミ　父『アキラ』
黒木　淳吉　宮崎を愛した文人たち
佐藤たかお　戒名／老妻の化粧
須河　信子　高千穂幻想紀行
鈴木　康之　故郷恋々
竹尾　康男　小便小僧ものがたり
竹原由紀子　鳩の翔んだ日
田中　薫　イサム・ノグチと恩師の叙勲
谷口　二郎　誕生日プレゼント／お産はライブ／鳥葬を夢見て
長尾　典昭　桜の咲く頃に
原田　解　夢のかたち
藤本　廣　橋のある句景（二）／再会〝ロシアの雀〟
本條　敦巳　追憶の旅
まつおじゅん子　先哲安井息軒と松田昭一先生／不揃いのトマト
南　邦和　信州新野まで／夏のアナタ
三又たかし　三本足の八咫烏《やたがらす》に思う
森本　雍子　遠い日近い日／ほたる袋の花／一期一会／つばめの飛んだ日に
柚木﨑　敏　放吟の人
横山多恵子　アルゼンチン・パンパ平原
渡辺　綱纜　天然の旅情

第10集『河童のくしゃみ』

2005年9月25日発行　表紙デザイン／水間　京子

伊野啓三郎　マイ・ブルー・ヘヴン
佐藤たかお　熟年　ユニクロライフ／幻のロシア絵本
須河　信子　七　夕
鈴木　康之　デモ・シカ俳句紀行
竹尾　康男　㊙の丸薬
竹原由紀子　蟹を喰う／草庵にて
田中　薫　しあわせの恩返し
谷口　二郎　数え年という意味／いつか夫婦で花育て／モンブラン№149
長尾　典昭　耕して天に到る
原田　解　河童のくしゃみ
福田　稔　さあいぬっど
藤本　廣　乾杯〝さくら〟の曲／橋のある句景（三）
本條　敦巳　大名の墓
まつおじゅん子　精神《こころ》のバトンタッチ
南　邦和　グー・チョキ・パー——近況三題

三又たかし　構造社展に寄せて
森本　雍子　月は朧《おぼろ》に／朝《あした》の風　夕《ゆう》べの風
柚木﨑　敏　『血は争えぬ』話
横山多恵子　美しき女庭師の聖母
渡辺　綱纜　幻の原稿
●特別寄稿
石井　好子　ドリーム

第11集『アンパンの唄』

2006年10月13日発行　表紙写真／竹尾　康男

新井　克弥　乞食の娘のおしえ――ぼくの旅のはじまり／〝正しい〟リゾートの仕方、教えます――「なにもしないこと」のススメ
伊野啓三郎　心のふるさと
岩尾アヤ子　船塚キャンパスのエチュード八景
須河　信子　夢、琉球
鈴木　康之　ごっつい指
竹尾　康男　父のこと
田中　薫　海外のみやげはいつも酒三本
谷口　二郎　サタディナイトパルシー／二十七年目のメール／たった五十年前の出来事
長尾　典昭　ユーゴでスイカ
野中　博史　水雷砲艦「千島」の火夫
原田　解　無人駅のパラソル／タヌキの入ったうどん
福田　稔　マイ・ラジオ・デイズ／クリスチアン／「の」の話
藤本　廣　橋のある句景（四）／麦秋
本條　敦巳　一のはし
まつおじゅん子　ローマの休日／逝った人の置き土産／縁は異なもの味なもの
南　邦和　れくいえむ・キリシマ　黒木和雄監督のこと
三又たかし　坊津紀行
宮崎　良子　未だ「模索中」／「お母さん」
森本　雍子　こどものいる風景／白球を追いかけて
柚木﨑　敏　幻の敦煌
横山多恵子　三男／桜並木道
渡辺　綱纜　アンパンの唄
金丸　トミ　雑詠
●特別寄稿
久保　輝巳　酒の話

第12集『クレオパトラの涙』
2007年10月19日発行　表紙写真／本條　敦巳

岩尾アヤ子　愛の光――序曲と終章／舞の海の手
伊野啓三郎　朝の天使
須河　信子　板門店の風
鈴木　康之　牧水とビール／運がよけりゃ
竹尾　康男　もう一人の自分
田中　　薫　不思議な赤い糸
谷口　二郎　クレオパトラの涙／「あなた本当に、イシ？」／うぬぼれネズミ
長尾　典昭　孫と暮らせば
野中　博史　影の訪問者
福田　　稔　ミノルのばか／「前」と「次」
藤本　　廣　橋のある句景（五）／メジロの来ない春
本條　敦巳　お人好しのルン
まつおじゅん子　他人ごととは思えない／ふるさと愁景
南　　邦和　百済贔屓／山田新一とメーテルリンク
三又たかし　二人の内弟子
宮崎　良子　バスを走らせた女
森本　雍子　首より上に効くクスリ／土の匂い

檜の香り
柚木﨑　敏　パスポート余録
横山多恵子　五ヶ所高原
渡辺　綱纜　「浜辺の歌」は恋歌だった

●追悼の記
南　　邦和　三又喬さんへ――お別れのことば

第13集『カタツムリのおみまい』
2008年10月30日発行　表紙絵／田中　薫

伊野啓三郎　鸛鵲楼《かんじゃくろう》に登る
岩尾アヤ子　まされる宝／入院寸描
垣野風太郎　夜の街で強盗に出会ってしまった私
須河　信子　五月祭
鈴木　康之　北国の春
竹尾　康男　ゆずの香り
田中　　薫　入間のフィンランド
谷口　二郎　患者さんからの手紙／ヘルプメイト／医療に手のぬくもりを
長尾　典昭　みすず刈る信濃
福田　　稔　オヤジを素因数分解！／イエスの血液型
藤本　　廣　橋のある句景（六）／禁じられた流

行歌
まつおじゅん子　霧立越からの贈りもの／夏の夜のライトアップ
松元　雅子　相棒
宮崎　良子　袖振り合うも……
森　和風　今生きていのち華やぐ／我が書団・現代書研究「書槐社《しょかいしゃ》」と共に生きた若者達への応援歌――宮崎大学での書教育人生十年間の期待と現実
森本　雍子　ゆるゆると時は
柚木﨑　敏　チベット渡来人
横山多恵子　福寿草
横山　直美　朝の天婦羅
渡辺　綱纜　カタツムリのおみまい

第14集『エッセイの神様』

2009年10月20日発行　表紙絵／蓮尾　力

伊野啓三郎　江戸文化　ヴェネツィアでの開花
岩尾アヤ子　虹の残像／ハッピーJ子――カナダ便りと帰国後談
垣野風太郎　私が仲に入《はい》ったお見合い
須河　信子　T－4が飛んだ日
鈴木　康之　夕映えの赤江川
竹尾　康男　当世風二枚舌
田中　薫　入間のフィンランドその後
谷口　二郎　世界一幸せな男の顔／夜中も爽やかに「もしもし」／ヒョウモントカゲモドキの一生
福田　稔　僕はアロマ・テロリスト
松元　雅子　エッセイの神様
宮崎　良子　綾町にて
森　和風　女が赤い靴を履く時／赤い靴は踊る
森本　雍子　続〝ゆるゆると時は〟――伊達リヨ子さんへ捧ぐ
柚木﨑　敏　駐車場のブドウ園
横山多恵子　猫
横山　直美　こひといふいろはなけれども
渡辺　綱纜　見果てぬ夢のかなた／赤い風船玉

●追悼の記

渡辺　綱纜　黒木淳吉さん、本條敦巳さん、さようなら

第15集『さよならは云わない』

2010年10月28日発行　表紙絵／松村　慎一

伊野啓三郎　愛の残り火
岩尾アヤ子　画廊セラピー／忙中閑あり（牡蠣と柿）
垣野風太郎　人前《ひとまえ》での話が苦手な私がつい引き受けた講演
須河　信子　「ひまわり」考
鈴木　康之　線路であそぼー！
竹尾　康男　生命の匂い
田中　薫　〃熊の子〃の仲間たち
谷口　二郎　頑張れイクメンパパ／母の七回忌／心に残るエッセイを
福田　稔　ありがとう、クロミ／新・学問のススメ方
松元　雅子　家族の定義／名を呼ぶ
宮崎　良子　アメリカ難航記
森本　雍子　順調な仕上がり／月明かりのとねりこ
森　和風　〃人生、無我夢中〃――師の墓前に誓ったこと―
柚木﨑　敏　空気目薬
横山多恵子　教生《のりお》物語
横山　直美　事実を書くのは苦手です
渡辺　綱纜　さよならは云わない

第16集『フェニックスよ永遠《とわ》に』

2011年10月28日発行　表紙絵／藤野　ア子

伊野啓三郎　韓国今昔紀行
岩尾アヤ子　書くことが好き
垣野風太郎　母親の自殺をおもいとどまらせた小学生の娘のこんな言葉
興梠マリア　奇跡の一日――My Synchronicity――
須河　信子　Fight's《ファイツ》 On《オン》
鈴木　康之　デジャービュ
竹尾　康男　ムシになった人達
田中　薫　八紘一宇の塔は永遠に
谷口　二郎　人生いろいろ／レシピ　おひとり様／ハロー　グッバイ
戸田　淳子　奥様お手をどうぞ
福田　稔　ガウディのマンション
宮崎　良子　人生の帳尻
森本　雍子　貝殻草が輝いた日々／謎めいた、宇宙のうさぎ

森　和風　エアポート狂想曲／猛暑の夏の夢
柚木﨑　敏　称賛の人
横山多恵子　次敏物語
横山　直美　四つのクリスマスイブ物語
渡辺　綱纜　フェニックスよ永遠《とわ》に――フェニックス第一号の生みの親……浅井熊作《あさいくまさく》

第17集『雲の上の散歩』

2012年10月23日発行　表紙書／森　和風

伊野啓三郎　天使のハンマー／天からのご褒美
岩尾アヤ子　サファイア色の便り／涅槃《ねはん》恋歌（俎《まな》板《いた》とアスパラ）
興梠マリア　雲の上の散歩
須河　信子　鏡　台
鈴木　康之　昨日、今日、そして明日
竹尾　康男　酒は薬か溜息か
田中　薫　自分で作る〝紙の宝石〟
谷口　二郎　幸せの「モト」／宮崎弁うまくなりたい／安かろう　悪かろう
戸田　淳子　ステキのおすそ分け
福田　稔　猫になりました／大人の読書感想画
丸山　康幸　一九七三年

宮崎　良子　健やか通院記
森本　雍子　国会通りの怪人／言葉さがしの旅
森　和風　魅せられた魂／書団と共に五十年
柚木﨑　敏　ド忘れ力
米岡　光子　「エィ、ヤッ」と心が躍る
渡辺　綱纜　見果てぬ夢の彼方へ

第18集『真夏の夜に見る夢は』

2013年11月16日発行　表紙写真／比江島拓郎

伊野啓三郎　詩情の季節
岩尾アヤ子　命のバトン（茶事の一会《いちえ》）／米寿祝いをありがとう
興梠マリア　門前の小娘
須河　信子　春のしるし
鈴木　直　朝　暘
鈴木　康之　私の愛したコンビニ
竹尾　康男　ラッパ飲み
田中　薫　オシトカオの秘密
谷口　二郎　人生はケセラセラ／マヤンのつぶやき／小さなピアニスト達
戸田　淳子　真夏の夜に見る夢は
福田　稔　僕は鉛筆剣士

丸山　康幸　二〇一三年
宮崎　良子　おばさんは翔んだ?
森本　雍子　まぼろしの川
森　和風　言霊を歌う人
柚木﨑　敏　ヤンマの見送り―あまりにも不思議な―
米岡　光子　夕焼け小焼けで……、また明日
渡辺　綱纜　日本一になりたい

第19集『心のメモ帳』
2014年11月7日発行　表紙絵／杉尾　龍司

伊野啓三郎　光陰流水（その一）
岩尾アヤ子　至福の余韻《よいん》／ういろう餅事件の流転転生
興梠マリア　父の贈り物
釋　夢人　赤いエアーバッグを着るまでは
須河　信子　時代の中で
鈴木　直　英　断／カゼニモマケズ
鈴木　康之　蛍の光窓の雪
竹尾　康男　心のメモ帳
田中　薫　両手に花は二人の巨匠――続オシトカオの秘密

谷口　二郎　安納芋は夫婦ゲンカのモト／着の身着のまま／ストリートピアノを楽しむ／楽しかった栗拾い／二つのサイフ／ヤドカリのおうち
戸田　淳子　夢、限りなく
中村　浩　蓄音機とバナナ／火《ひ》鉢《ばち》
福田　稔　流　星／お菓子の作法
丸山　康幸　一九四〇年～一九五六年
宮崎　良子　ファンデーションに思いを馳せて
森本　雍子　ドン・キホーテな犬
森　和風　フォトの向こう側
柚木﨑　敏　私の健康法
米岡　光子　カッコいい大人になりたくて
渡辺　綱纜　若く明るい歌声に

第20集『夢のカケ・ラ』
2015年11月26日発行　表紙絵／谷口　二郎

●特別寄稿
原田　解　新しいバースデー
伊野啓三郎　光陰流水（その二）
岩尾アヤ子　楓《かえで》校舎のララバイ／逃がした大魚と女神像

興梠マリア　最後の接吻《くちづけ》
釋　夢人　エスト　ジャパネーゼ——我、日本
人なり——
須河　信子　深い夢
鈴木　直　雑草魂／時差を駆ける想い／肉タヌ
キの親子
鈴木　康之　さいたま俳句紀行
竹尾　康男　夕餉のともしび
田中　薫　三十年前にテレビが来た島
谷口　二郎　ハロー&グッドバイ
戸田　淳子　桜の嫁入り
中村　浩　芝の匂いが恋しくて
野田　一穂　伝承の途中で
福田　稔　卒業写真
丸山　康幸　二〇〇三年〜二〇〇五年
宮崎　良子　バブルの証明
森　和風　ちいちゃんの宝物
森本　雍子　夢のカケ・ラ
柚木崎　敏　ある顛末
米岡　光子　言葉は、心を乗せて
渡辺　綱纜　星は流れても——宮崎観光の風雲児
佐藤棟良さん——

夢のカケ・ラ

みやざきエッセイスト・クラブ 作品集20

印刷 二〇一五年十月二十七日
発行 二〇一五年十一月十三日

編集・発行 みやざきエッセイスト・クラブ ©
事務局 宮崎市江平町一－二一－九 吉田方
TEL 〇九八五－二二－七三八〇

印刷・製本 有限会社 鉱脈社
宮崎市田代町二六三
TEL 〇九八五－二五－一七五八

作品集 バックナンバー

1	ノーネクタイ	一九九六年 一三四頁	八七四円
2	猫の味見	一九九七年 一八六頁	一二〇〇円
3	風の手枕	一九九八年 三二〇頁	一五〇〇円
4	赤トンボの微笑	一九九九年 一六二頁	一二〇〇円
5	案山子のコーラス	二〇〇〇年 一六四頁	一二〇〇円
6	風のシルエット	二〇〇一年 一四六頁	一二〇〇円
7	月夜のマント	二〇〇二年 一五四頁	一二〇〇円
8	時のうつし絵	二〇〇三年 一八六頁	一二〇〇円
9	夢のかたち	二〇〇四年 一八四頁	一二〇〇円
10	河童のくしゃみ	二〇〇五年 一八八頁	一二〇〇円

みやざきエッセイスト・クラブ

⑪ アンパンの唄　二〇〇六年　二〇八頁　一二〇〇円
⑫ クレオパトラの涙　二〇〇七年　一八四頁　一二〇〇円
⑬ カタツムリのおみまい　二〇〇八年　一七二頁　一二〇〇円
⑭ エッセイの神様　二〇〇九年　一五六頁　一二〇〇円
⑮ さよならは云わない　二〇一〇年　一五六頁　一二〇〇円
⑯ フェニックスよ永遠に　二〇一一年　一六四頁　一二〇〇円
⑰ 雲の上の散歩　二〇一二年　一六〇頁　一二〇〇円
⑱ 真夏の夜に見る夢は　二〇一三年　一七二頁　一二〇〇円
⑲ 心のメモ帳　二〇一四年　一八八頁　一二〇〇円
⑳ 夢のカケ・ラ　二〇一五年　二一六頁　一二〇〇円

（いずれも税別です）